の播上《がみ》君のお弁当

皆さま召し上がれ

森崎 緩

宝島社
文庫

宝島社

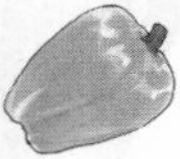

目次

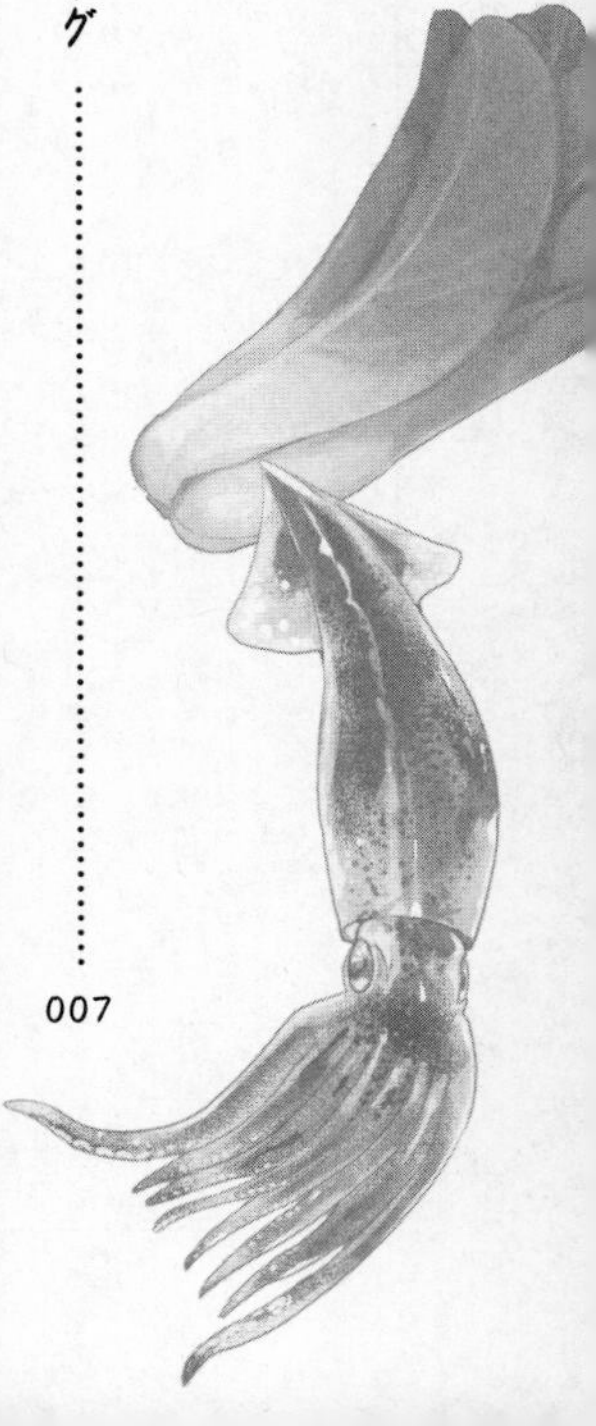

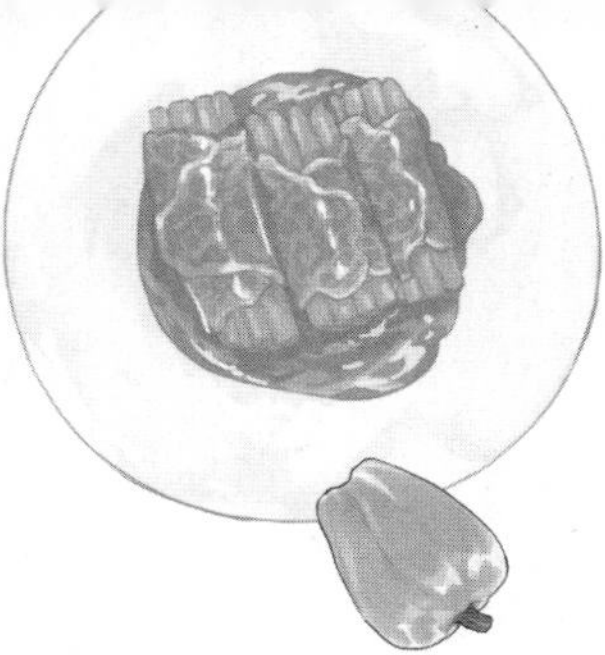
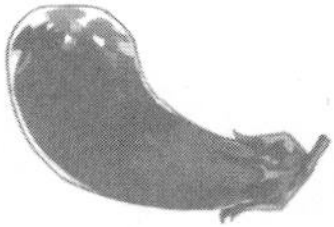

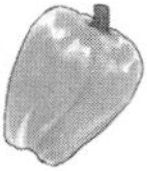
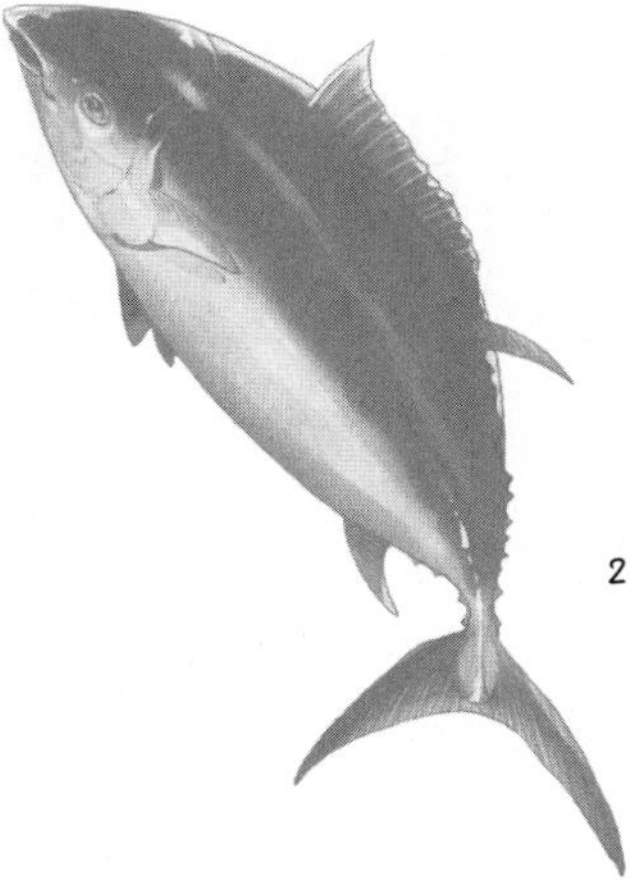
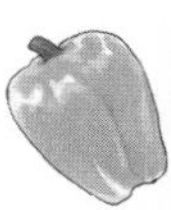

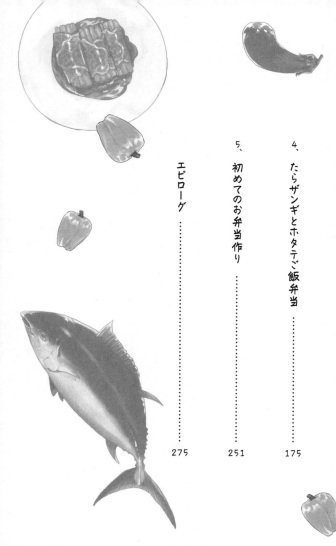

小料理屋の播《はた》上《がみ》君のお弁当

皆さま召し上がれ

Koryouriyano
Hatagamikun No
Obentou

プロローグ

函館《はこだて》市電の線路沿い、終点一つ手前の湯《ゆ》の川温泉《かわおんせん》電停から徒歩五分。電車道路を海側に一本入ったところにうちの店はある。

温泉街だけあって店の周囲は立派なホテルや旅館だらけだ。日が落ちるとその窓々にオレンジがかった照明が点り、また宿泊客が迷わないようにか路地も明々と照らされて、ここら一帯が夜闇に浮かび上がったように見える。その光の群れにひっそり加わるみたいに、うちの店にも柔らかい灯が点る。

暖簾《のれん》を出しに外へ出れば、店から漂う煮物や焼き物のいい匂いに混じって潮の香りがした。春先の函館はいつだって風が強い。暖簾も着ている作務衣の袖もぱたぱた音を立ててはためく。吹きつける潮風を浴びていると、故郷に帰ってきたんだなという実感が改めて込み上げてきた。

店の暖簾を掛け終えたちょうどそのタイミングで、入り口の引き戸がからからと開く。

「播上《はたがみ》、ちょっといい？」

戸の隙間から顔を出した真琴《まこと》が、俺に声を掛けてきた。

「どうした？」

「今お電話あったんだけど、今日仕出し注文の斎藤《さいとう》さん。もし出来たら早めに配達してくれないかって」

「法事の仕出しだったな。わかった」

俺が頷くと、短い髪を耳に掛けた彼女がにっこり笑う。

「なんか、思ったより早くに集まっちゃいそうだからって。小さなお子さんもいるから、お食事も早い方がいいみたい」

「そういうことなら、すぐ届けるよ」

斎藤さん家はうちの店のお得意様だ。各種法要の他、お花見や運動会なんかでもご注文くださる大切なお客様だから、こういうご要望には応えて差し上げたい。

真琴と一緒に店内へ戻ると、既に父さんと母さんが折り詰めをせっせと包んでいるところだった。二人揃って顔を上げ、母さんの方が口を開く。

「伺ったら、ちゃんと『お気になさらず』って言うようにね。斎藤さんならきっと申し訳ないですって謝られるだろうから」

「わかってるよ」

そう答え、店の車のキーを取りに行った。

札幌《さっぽろ》では優雅にペーパードライバーを満喫していた俺も、家業の手伝いとなると運転せざるを得なくなった。とはいえデリバリーの需要もそれなりにある昨今、一年も乗っていれば慣れてくる。父さんも母さんもなかなか店を離れられない以上、配達はすっかり俺の仕事となっていた。故郷の土地勘が鈍っていなかったのも幸いだ。

注文分の折り詰めを車に積み込み、運転席に乗り込んだところで、真琴が見送りに来てくれた。

「気をつけてね、播上」

彼女は小さく手を振った後、残念そうに続ける。

「私も早く道覚えたいな。そうしたら配達に行けるのに」

「急がなくても、追々覚えていけばいいよ」

俺たちがかつて住んでいた札幌は街並みが碁盤の目のように広がっていて、それはそれは道が覚えやすかった。しかし函館は坂道が多い上に道が入り組んでおり、大きな通りから一本入るとナビなしでは迷ってしまうとよく言われる。狭い土地に都市を建てたせいか、歴史ある古い街並みのせいか、はたまた大昔にあった大火のせいなのかは定かではないが、函館に来てまだひと月も経っていない真琴には難しいはずだ。

「うん、頑張るね。行ってらっしゃい！」

俺に笑いかけてくれた真琴の、茶衣着《ちゃいぎ》はまだ見慣れない。

家族経営のうちの店には制服があってないようなものだった。俺と父さんは色違いの作務衣を着ていたし、母さんはこれまで割烹着がユニフォームで、だから真琴もそういう仕事着になるんだろうと思っていた。

ところが、

『せっかく可愛い店員さんが増えるんだから』

などと大いにはしゃいだ母さんは、これを機に女性陣のユニフォームを一新しようと考えたようだ。真琴と二人であぁでもないこうでもないとネットショッピングを楽しんだ挙句、着やすく可愛らしい茶衣着を買いつけた。

真琴の茶衣着は萌黄《もえぎ》色《いろ》の生地に紺色《こんいろ》の前掛けで、色合いの明るさが快活な彼女にぴったりだ。まだ着られている気がすると本人は言っているが、俺はよく似合っているし、おかしくないと思っている。店に出る時は短い髪をピンで耳の上に留めていて、丸くて小さな耳が常に覗いているのも可愛い。

なんだか、見ているだけで口元がゆるんで、幸せな気持ちになる。

「行ってきます」

俺も手を振り返し、運転席のドアを静かに閉めた。

それからシートベルトを締めてゆっくり車を発進させる。バックミラーにはまだ見送ってくれている真琴の笑顔と、彼女を包むように漏れ出す温かい店灯りが映っていた。

風に揺れる暖簾には見慣れた名前が描かれている。

『小料理屋　はたがみ』

捻りも何もない名前のその店が、今の俺たちの職場だった。

真琴と結婚したのは、彼女が函館に越してきてすぐのことだ。

年度末で前の会社を退職した真琴は、その後荷物をまとめてこちらへやってきた。それ以前に彼女のご両親へのご挨拶は済ませていたし、結納もしていたから後は籍を入れるだけだった。俺も真琴も派手なことは苦手だったから式は挙げず、したことといえばお揃いの指輪を買ったくらいだ。大掛かりなこともなく、俺たちはすんなり夫婦になった。

函館は俺にとっては生まれ育った故郷でも、真琴にとってはほとんど知らない街だ。だからまずはのんびりと、ここに慣れることに専念してもらおう――と俺も、そしてうちの両親も考えていたのだが、真琴本人の考えは違った。すぐにでも店を手伝いたいと言い出したのだ。

「飲食店で働くのが子供の頃からの夢だったんです」

彼女はそう言ってくれたが、俺たちに気を遣ってくれたところもあるのだろうし、知らない土地の夜にひとりぼっちで留守番をしたくないという寂しさもなくはなかったのかもしれない。あるいは活動的な彼女らしく、一刻も早く新しい職場に飛び込みたいという気持ちもあったのだろう。俺はもちろん歓迎したし、父さんと母さんも大喜びで、特に母さんは真琴のためにユニフォームを新調するに至ったほどだ。

現在では開店前の午後四時から午後十時までが俺たちの勤務時間になっている。閉店は午後十一時だからちょっと早めの上がりなのだが、慣れるまではそのくらいがいいと母さんが言ってくれた。

「俺は別に閉店までいいのに」

真琴が来るまでは閉店作業も俺の仕事だったのでそう言ったら、母さんには諫められてしまった。

「あのね正《まさ》ちゃん、真琴さんを暗い夜道たった一人で帰すつもり？　ちゃんと送り迎えするのも夫の役目ってものでしょう。そうでなくても慣れない土地に来ていただいたんだから、寂しい思いをさせちゃ駄目じゃない。新婚さんでしょう？」

立て板に水でまくし立てられて全く反論の余地がない。

俺だって彼女に愛想を尽かされるのは非常に困るので、ここは母さんの言う通り、夫婦で勤務時間を合わせることにした。

もっとも、うちの店は夜だけが営業時間というわけではない。最近ではランチタイムに合わせて店を開けることもあり、その時間帯は俺と真琴が主に店頭に立つことになっている。ついにうちの店でもテイクアウトのお弁当販売を始めたのだ。

「お弁当需要が結構あるって話でさ」

キッチンでフレンチトーストを焼きながら、俺は真琴にその話をする。

彼女は止まった洗濯機から洗濯物を回収してきたところで、大きなカゴを抱えてこちらを向いた。

「そりゃ小料理屋のお弁当なんて興味あるに決まってるよ。私だったら絶対買っちゃう」

「店には来づらくても、お弁当ならってお客様もいるしな」

うちは小料理屋で居酒屋とは違うとはいえ、やっぱりお酒は出る店だ。飲まない人や小さなお子さんのお客様はあんまり多くない。そういう人たちにとってお弁当販売は知らない店の味と出会ういいきっかけになるようだった。

実際、近隣の同業者間でもランチのお弁当販売の波はじわじわと広まっている。昼時に店の前にお弁当を並べておけば、昼食を求め通りがかった人が足を止めて見ていってくれる。今はまだ近所の方や湯の川周辺で働く方が多めだが、これから観光シーズンを迎えれば売り上げはおのずと増えるはずだ。加えて函館は大型連休とお花見シーズンが被ることが多い。

「それで父さんが、今からお花見弁当を企画しないかって」

「いきなり書き入れ時になるんだね」

「そう。お弁当販売に本腰入れるチャンスだ」

「わくわくするね！　……あ、そろそろ焼き上がる？」

フレンチトーストはこんがりといい焼き色がついていた。俺はそれを二人分の皿に盛りつけ、バルコニーで洗濯物を干し終えた真琴に声を掛ける。彼女はにこにこしながらキッチンに寄ってきた。

「美味《おい》しそう！　早く食べようよ」

「ああ、そうしよう」

今朝の献立は真琴のリクエストでフレンチトーストだ。それとニンジンのラペと昨日作ったポトフを添えた。四月のうちはまだ寒いから朝は温かいものが食べたくなる。

一緒に暮らすにあたって、家事の分担については話し合っておいた。夕飯は一緒に作ることにして、朝食と昼食はもっぱら俺が作る。洗濯はどうしても真琴がやりたいと主張してきたので譲って、掃除や買い物などは休みの日に二人で。お互いに独り暮らし歴が長いから、不得手な家事がないのが幸いだ。

「朝ご飯を播上に作ってもらうのはすごく大事な意味があるんだよ」

食卓を挟んで向かい合わせに座った真琴が、やけに得意げな顔をする。

「やっぱり朝は美味しいものを食べたいじゃない。その点、播上に作ってもらえば間違いないから」

「そう言ってもらうからには、毎朝期待に応えないとな」

料理に関してならその期待に荷が重い、なんてことは思わない。俺だって自分で作ったものを真琴に食べてもらえるのが、そして美味しいと言ってもらえるのが何より幸せだから。

その真琴が、フレンチトーストを大きな一口分に切り取り、ぱくっと頬張る。ゆっくり味わう顔はみるみるうちにゆるみ、その後で満足そうに言われた。

「すごく美味しい！」

「そりゃよかった」

自信があったとはいえ、喜んでもらえるとやっぱり、ほっとする。

フレンチトーストを美味しく作るコツは卵液に浸す前に牛乳に漬けておくこと、そして焼く時は弱火でじっくり、時間をかけて焼くことだ。これで表面はこんがり、中はじゅわっと味の染みたフレンチトーストになる。

俺が食べながら作り方を説明すれば、真琴も興味深げに聞いてくれた。

「朝に食べたいって思っても前の晩から浸しておくのを忘れちゃって、結局食べられなかったりしたんだよね。そんなやり方があったんだ……」

「これなら朝思い立っても余裕で作れるよ」

「すごいなあ、播上にお願いしてよかった！」

上機嫌でフレンチトーストを口に運ぶ彼女を見ながら、俺も温かいポトフを啜る。お腹の底までじんわりと熱が伝わっていくのを感じ、このひと時を噛み締めた。

店から徒歩圏内のアパートで2DKの二人暮らし、別に広い部屋でもないし裕福な暮らしというほどでもない。それでも一緒に食卓を囲み、話に花を咲かせながら過ごす時間は何物にも代えがたく、それだけで満ち足りた気持ちになる。結婚してまだひと月も経っておらず、一昨年までは『メシ友』に過ぎなかった俺たちは、夫婦としても未熟な存在だろう。だからこそこれからの年月を、二人で少しずつ歩んでいけたらと思う。

と、物思いに耽る俺の真向かいで、真琴が急にそわそわし始めた。短い髪を指先で捻るようにしながら口を開く。

「えっと、もしかして寝癖ついてる？」

「え？　いや、そんなことないけど」

彼女は起きてすぐに洗面台へ直行して髪を直すから、結婚してから三週間で寝癖がついているところを見たことがなかった。柔らかい髪質だから癖がつきやすく、毎朝直す必要があるのだそうだ。その甲斐あって今の彼女はさらさらの丸いショートボブを保っている。

俺が目を瞬《まばた》かせると、真琴は少しくすぐったそうに視線を外した。

「だって、こっちをじっと見てるから……」

そんなに見ていただろうか。向かい合わせに座っているからというのもあるかもしれないが、指摘されて今度は俺がうろたえた。

「悪い、別に変な意味で見てたんじゃないよ」

「う、ううん。見ちゃ駄目ってわけでもないけど」

「あ……そ、そっか」

「でもあんまり見られると、恥ずかしいかなって……」

言葉通り、真琴は恥ずかしそうに目を伏せる。彼女の頬がほんのり赤くなっているのが見えると、俺も無様《ぶざま》にもどぎまぎして、黙ってフレンチトーストをつつくしかなかった。

こういう時、なんと返すのが気の利いた答えなんだろう。真琴と一緒にいられるのが幸せで、それでじっと見てたんだ、とか——そんなことを噛まずに言える自信はないし、彼女だってそれを落ち着き払って聞いているとも思えなかった。

沈黙が落ちた食卓で、でも恐る恐る顔を上げれば、ちょうど真琴もこっちを窺い見ていてばっちり目が合う。そうすると彼女は気まずげにはにかんで、俺もつられるみたいに笑った。

まだ未熟で不慣れな俺たちの、それでも幸せで堪《たま》らないひと時だった。

1、越冬野菜の肉巻き弁当

テレビに出ていた気象予報士さんによると、今年の桜は例年通りに咲くだろうとのことだった。

四月下旬、連休前の今日も、朝から陽射しが降り注ぐいい天気だった。このまま大型連休まで晴天が続くといい。桜の季節が近づいてくると、やはりどうしても空模様が気になるものだ。

「根雪もすっかりなくなったな」

アパートの駐車場を見回しながら俺が言うと、真琴《まこと》は目を細めて頷いた。

「本当にね。すっかり春って感じ」

そうは言っても吹きつける潮風はまだ冷たく、陽射しの暖かさも風のないうちしか堪能できない。真琴も外出する際は春用のコートを着込んでいて、時々寒そうに首を竦めていた。

「あとは風がなければいいんだけどなあ」

「夏になると涼しくて過ごしやすいんだけどな、春先の潮風は堪《こた》えるよ」

「海沿いの街って特に寒いって言うし、札幌より冷えるかも」

天気予報によれば、函館の今日の最高気温は八度の予想らしい。実に平年並みだ。四月の北海道はどこもまだ寒いものだが、海沿いの地域は特に海水温の影響で冷え込むのが常だった。

それでも好天が続いたお蔭で、桜の蕾《つぼみ》は膨らみつつあるらしい。

「月末には開花するって、ニュースでやってたな」

俺たちはアパートを出て、職場である店へと向かうところだ。徒歩で十五分掛かるかどうかの距離だから、いつもこうしてのんびり歩いていく。

雪がないと転ぶ心配が要らないのがいい。風も冬と違って、緑と土の匂いがする。待ち遠しかった春がようやくやってきたようだ。

「桜の季節かあ、楽しみだね」

真琴の声も、心なしか浮かれているようだった。

俺も彼女も道産子《どさんこ》だから、一面降り積もった雪景色なんて見慣れたものだ。冬らしい銀世界もそれは美しいものだし、雪のお蔭で美味しくなる酒や野菜、魚もある。それに雪解け水の恩恵で、北海道にはまず水不足が起きない。だから悪いことばかりではないのだが、北海道の冬は俺たちにとってさえ少々長い。根雪まですっかり溶けて、春の訪れを五感で感じられるようになると、どうしてもはしゃぎたくなるものだった。

それに、今年の春は俺たちにとっても特別だ。前の会社を辞めてから一年間、ずっと真琴が函館に来るのを待っていた。お蔭で寒い冬が例年以上に長く感じられたし、今は風が冷たくても不思議と寒くない。

ちらりと、隣を歩く真琴を見やる。昼前の陽射しは柔らかく、ふわふわ揺れる彼女の髪をつややかに照らしていた。やっぱり寝癖もなくきれいだ。

「そういえばさ、函館の桜の名所ってどこ？」

ここでの春は初めての真琴が、そう尋ねてくる。

地元民の俺は、待ってましたとばかりに答えた。

「いっぱいあるけど、人気なのは函館公園か、五稜郭《ごりょうかく》公園かな」

函館山《はこだてやま》の麓《ふもと》、青柳町《あおやぎちょう》に造られた函館公園と、住宅街の真ん中にぽっかり存在する五稜郭公園とは、その歴史も現在もどこか対照的だ。函館公園は花見シーズンともなれば露店も出るし、小さいもののしっかり遊べる遊園地もあったりで、特に子供連れの家族に人気がある。一方の五稜郭公園は観光スポットとして有名なので、花見客に加えて道外もしくは海外からの観光客もよく見かけた。ただどちらも桜が咲き誇る光景は圧巻の一言だから、休みの日に真琴を連れていきたいなと考えていた折だ。彼女はどちらがいいと言うだろうか。

「五稜郭は聞いたことある！　戊辰戦争のでしょ、土方歳三《ひじかたとしぞう》が……」

「そうそう。あんなとこで戦争があったなんて、今となっちゃ信じがたいけどな」

俺も五稜郭公園には林間学校などで行ったから、積み上げた石垣の上にはね出しがあること、園内に古い大砲が展示されていることなどは知っている。だが戦争の舞台になったなんて、あの場所を眺め歩いても到底想像がつかない。俺が知っている五稜郭公園は、踏み固められた道の脇に松の木が茂り、堀に浮かぶ睡蓮の脇を悠々と鯉が泳ぎ、そして春には桜並木が綿あめみたいに花を咲かせるのどかな場所だった。

そういう説明を俺が添えると、真琴は俄然《がぜん》興味を持ってくれたようだ。

「一度行きたいって思ってたんだよね。今度のお休みに行かない？」

「いいな。ちょうど桜も咲くし、弁当でも作っていこう」

例年通りに桜が咲いてくれるなら、まさにちょうどいい。

とはいえ大型連休は俺たちにとっての繁忙期、楽しい予定に浮かれられるばかりでもなかった。まずは差し迫ったお花見シーズンに向け、お花見弁当を用意しなければいけない。

「自分で食べる弁当ならいくらでも思いつくんだけどな」

路面電車が走る電車道路沿いを歩きつつ、俺は真琴にそうぼやいた。道の真ん中に見えるのが湯の川温泉電停、ここまで来れば店まではあと少しだ。今日はランチタイムのお弁当販売があり、そこでお花見弁当の試作も出すつもりでいる。

ただ、件《くだん》のお花見弁当は俺にとって少々悩みの種になっていた。

「店で出す弁当って、献立を考えるのが難しいよ」

そう打ち明けた俺に、彼女はおかしそうに笑ってみせる。

「播上《はたがみ》でも料理のことで悩んだりするんだね」

「そりゃあ……仕事のことでもあるからな」

「あ、そっか。そう考えれば確かに」

趣味であり特技でもあった好きなことを仕事にした。それでも、だからこそ悩みは尽きないものだ。

どうしたらたくさんの人に手に取ってもらえる弁当にできるだろうか。


俺たちがまず企画したのは松花堂弁当《しょうかどうべんとう》だった。小料理屋の弁当といえば皆、それなりに本格的で質のよいものを求めてくるだろう。そして遅い春の到来を祝うのに、懐石料理の流れを汲む松花堂弁当はまさにうってつけの華やかさだ。

十字で仕切られた黒塗りの弁当箱に、煮物、焼き物、揚げ物、それにご飯をそれぞれ分けて盛りつける。献立にしても春らしく、煮物にはタケノコ、焼き物にはホッケ、揚げ物は長イモやウド、それにタラの芽などの食材を揃えた。それで見た目も上品な、松花堂弁当という単語でイメージできるお弁当が出来上がった。

メニューの考案に当たっては俺と真琴、父さんと母さんの播上家総動員で行った。

店に出す以上は品数はもちろん、目にも美味しいお弁当でなければならない。だから煮物には緑鮮やかなササギと桜の形にくり抜いたニンジン、桜の葉に見立てて飾り切りをしたカボチャを添えた。ご飯も白米と赤飯の二種類を俵型に盛りつけ、見映えという点では言うことなしだ。

そして一番肝心の、味についても問題はない。実食した母さんも真琴も、大喜びで食べてくれた。

「美味しいじゃない。お母さんなんて、こんなお弁当出てきたらもう小躍りしちゃうくらいよ」

「私も好き！　煮物は優しい味つけだし、ホッケは脂乗ってるし。タラの芽とか、今しか食べられない味覚があるのもいいな」

もちろん俺も食べたし、味に関しては俺と父さんで丹精込めて試作をしたので問題あるはずがない。煮物は幅広い年代の方に食べていただけるよう薄味に仕上げたし、天ぷらは時間が経っても美味しいようにカラリと揚げてある。赤飯の甘納豆は食べやすい小豆で、ごま塩は好みに応じて小袋で添えることにした。

「いいんじゃないかな。理想通りの松花堂弁当になった気がする」

試食を終えた俺がそう告げると、父さんはなぜか考え込むような顔をする。

「そうだな、これはいい出来だ。だが……」

「気になることでもあった？」

「せっかくだからもう一つ作ってみないか、正信《まさのぶ》」

父さんは俺と、それに真琴に目を向けて続けた。

「松花堂弁当の方は、まさに理想通りのものができたと思う。だがうちの店も新戦力が増えたんだ、もう一つ、毛色の違う売りが欲しい。若者らしい感性の活きた弁当をな」

「若者……かなあ」

今年で二十九になる俺でも若者と呼んでいいのだろうか。自信なく真琴の方を見れば、彼女はむしろ自信たっぷりに頷く。

「二十代なんて全然若いだろう」

もうじき六十になる父さんは、皺《しわ》の刻まれた顔に少しだけ笑みを浮かべた。

「俺や母さんには思いつけないような弁当を見たい。今までうちの店に足を運ばなかったお客様が手に取ってくれるような弁当を作ってみてくれないか。それで販路が広がれば、弁当販売も軌道に乗るかもしれん」

「なるほどね」

うちの店も従業員が二人増えた。もちろん俺と真琴のことだが、給料を貰うのだから店の手伝いだけしていればいいというわけでもない。売り上げを伸ばす商機は逃してはならないし、俺たちにできることはなんだって挑戦してみるべきだろう。

小料理屋には来たことがない、ご縁がなかったというお客様にも手に取ってもらえるような、それでいて若者の感性が光る弁当——こうして考えるとなかなか難しい条件にも思えるが、やらない選択肢はない。

何より、俺たち夫婦にとっての初仕事だ。

俺がもう一度真琴に視線をやると、彼女もちょうどこちらを見ていた。そして先程と同様に深く頷いた後、俺より早く口を開く。

「やってみようよ、播上！　絶対できるよ！」

本当に自信たっぷりに言ってくれたから、もちろん俺だってやる気がなかったわけではないものの、つられたみたいに応じた。

「そうだな、美味しいお弁当を作ってみよう」


お弁当を売り出す時刻はいつも午前十一時半頃だ。

このくらいになると早めのお昼休憩に入った人たちが昼食を求め、飲食店がある界隈をぶらつき始める。温泉街のど真ん中だからスーツ姿の人は少ないが、皆無というわけではない。多いのはホテル勤務の人たちや近隣の病院、グループホームの人たちなどだ。それと、ちらほらとだが観光客も見かける。こちらはもう少しすればもっと増えるだろう。

　そういうお客様たちに対し、松花堂弁当の売れ行きはまずまずだった。単価が安いものではないので飛ぶように売れるというほどではないが、たまの贅沢にと買っていく人もいたし、旅行に来た人たちならありがたいことに財布の紐をゆるめてくれる。

「旅先では美味しいもの食べないとね！」

「せっかく函館来たんだしね！」

　女性二人連れのお客様がそう言い合いながら、松花堂弁当を手に取った。ボディバッグやリュックサックなどの両手が空く鞄と歩きやすそうなスニーカー、観光客は装備でおのずとわかる。それに、忙《せわ》しない日常から解放されるからだろうか。誰もが不思議と晴れやかで、朗らかな表情をしている。

　販売担当の真琴と俺は、精一杯の笑顔で感謝を告げた。

「お買い上げありがとうございます！」

「本日中にお召し上がりください。お手元とお手拭き、お入れしておきますね」

　店の前に並べた弁当は十食ほど、店内の作り置き分を含めても一日に三十食出るかどうかというところだ。観光シーズンでどれだけ売り上げが伸ばせるかはまだ未知数で、天候がよくなることを祈るばかりだった。

　そして、連休に入るまでにもう一種類、弁当を考案したいのだが。

「やっぱり単価の安い弁当かな……」

松花堂弁当よりも手に取りやすい弁当ならそういうことだろう。お客様が途切れたタイミングで俺が呟くと、隣に立つ真琴がこちらを向いて瞬きをした。

「お得な感じのお弁当？　ワンコインとかなら、確かに目を引くかもね」

「ワンコインで見映えもボリュームもとなると厳しいな……」

そもそも函館のワンコイン弁当と言えば、地元名物のコンビニで売られている焼き鳥の弁当がある。あの強力過ぎるライバルと同じやり方で勝負を挑んでも打ち勝てるはずがない。うちの店らしい創意工夫がなくては。

「小料理屋でそれならすっごいお得過ぎるか」

自分で言って、真琴はおかしそうに笑う。萌黄色の茶衣着は今日も彼女によく似合っていて、もうずっと昔からうちの店で働いていたみたいに映えた。

彼女の馴染みようはユニフォームだけではなく、仕事ぶりもそうだ。前の会社で秘書課にいたからか、真琴は人の顔を覚えるのが上手《うま》い。

「あっ、ここのお店、お弁当も売ってるんだ」

店の前を通りかかった若いカップルが、こちらに気づいて足を止める。

どこかで見た顔だ、そういえば昨夜うちの店にお越しいただいてたか——俺が思い出しかけた時にはもう、真琴が声を掛けていた。

「こんにちは、昨夜はご来店ありがとうございました！」

「こちらこそ美味しかったです、ごちそうさまでした」

カップルの男性の方がこちらに頭を下げ、続いて女性がお弁当を覗き込んでくる。

松花堂弁当はお二人の目にも魅力的に映ったか、すぐに相談し始めた。

「お弁当も美味しそうじゃない？　買っていこうよ」

「そうしようか。昨夜も天ぷら美味しかったもんな」

するとすかさず真琴が口を開く。

「こちらのお弁当は長イモとウド、それにタラの芽の天ぷらが入ってるんです。昨夜お出ししたものとはまた違うので、よかったら……」

「タラの芽、へえ……食べてみたい！」

真琴の一押しが決め手となってか、お二人はお弁当を二つ購入してくれた。これから西部地区の散策に向かうとのことで、元町公園や緑の島など、いくつかお弁当を食べるのにふさわしい観光地を教えたらとても喜ばれた。

お弁当を提げ、仲睦まじく歩き出したお客様を見送りつつ、今日がいい天気でよかったとしみじみ思う。このまま日が出てくれれば絶好のお弁当日和《びより》になるはずだ。

それにしても、

「真琴の接客、板についてるな。ベテランみたいで頼もしいよ」

俺が褒めると、彼女は途端にはにかむ。

「え、そう？　播上に褒められると嬉しいな……」

「天職みたいに上手いよ。お客様の顔を覚えてるし、昨夜のご注文だって記憶してた」

店では主に配膳を担当している真琴だが、それでもお客様一組一組の食べた料理を覚えるのは難しいだろう。さっきのお客様に関して言えば、彼女の一言がお弁当購入への一助となったことは間違いない。

「さっきのお客様、名古屋《なごや》からいらしたって話だったたじゃない」

彼女は照れた様子で続ける。

「だから『海産物よりも山の幸を食べていただく方がいいですね』ってお義父《とう》さんが言ってたのを覚えてて。昨夜も越冬野菜をメインに召し上がってたから、山菜もお好きかなって思ったんだ」

名古屋は函館と同じ港町で、水産業も盛んだ。観光客相手の商売だと、そういう会話からお出しする献立を考えたりもするものだった。昨夜はゴボウとニンジンのかき揚げや、白菜の浅漬け、それにふろ吹き大根なんかを作った記憶が俺にもある。

冬越しの野菜は北国特有の名物だ。降り積もる雪は天然の冷蔵庫になり、その下に埋もれた野菜は冬の間にぎゅっと旨味や甘みを増してくれて、雪解け前に掘り出せばとびきりのごちそうになる。函館にも名高い大根のブランドがあるし、個々の農家さんで売り出された越冬野菜も店で仕入れているが、お客様からの評判はやはりよかった。雪がもたらす恵みというところも、道外からのお客様には魅力的に感じられていいものらしい。

らしい、というのは、真琴がさっきのお客様と話をした感想だ。

「『北海道って本当に雪の下に野菜保管するんですね！』ってびっくりなさってたよ」

屈託《くったく》なくそう語る真琴は、店に出る時もこんなふうに笑う。愛想もいいし、気配りもできるし、早くもうちの店にとってかけがえのない存在になりつつあった。

「真琴がうちの店に来てくれてよかったよ」

思わずしみじみと呟けば、彼女は何を思ったか、肘で軽くつついてくる。

「店に、だけ？」

「え？」

一瞬その意味を考え――かけて、すぐに察した。慌てて応じる。

「……ああ、もちろん結婚してよかったって思ってるよ」

「言わせちゃったね、へへ」

真琴は自分で恥ずかしそうにしながらも、嬉しそうに言った。

「今までもバイトはしたことあったんだよね、ハンバーガー屋さんで。正直接客とか、人と話す仕事の方が向いてるかなって思ってたから、今すっごく楽しくなってるとこ！　もっと播上に褒めてもらえるよう、頑張って仕事覚えるね！」

「頼もしいを通り越して、眩《まぶ》しいくらいだな」

前の会社にいた頃と比べると、今の彼女はいきいきと輝いて見える。俺が思わず目を眇《すが》めると、真琴はそれが面白いとでもいうようにころころ笑った。

こうなると俺も負けてはいられない。差し当たってはお弁当作りの方に注力しなくては。

「何かこう、売りになるテーマが欲しいよな。食材にしろ、献立にしろ」

「そうだね。あとは、わくわくが欲しいかも」

「わくわく？　お弁当に？」

「お店のお弁当って誰かに作ってもらうものでしょ？　私たちが毎日作ってたものとは違って」

そう言って、真琴はちょっと懐かしそうな顔をする。

俺にとってもそれはまだ古くも遠くもない思い出だった。俺たちはずっと、自分自身のためにお弁当を作り続けてきた。毎日の辛い仕事を乗り切るために、たっぷりの栄養とささやかながら楽しい時間と、それに仲間が必要だった。俺と真琴にとっての弁当はただお腹を満たすためのものではなく、一日で一番の楽しみでもあり、『メシ友』としての貴重な共通の話題でもあったのだ。

だが今度作る弁当は、そういうものとは意味が違う。

「蓋を開ける瞬間とか、普段家では食べないものを口に入れた瞬間とか、わくわくするんじゃないかな。知ってる献立でも作る人によって味つけが違ったりするし、誰かに作ってもらったお弁当にはそういう楽しみもあるんだよ」

「確かにそうだな」

俺は家でもほぼ自分で料理をするし、まかないも大体自分で作っている。だから他人の料理を食べることはあまりないのだが、例えばよその店から弁当を買って食べる機会があれば、実際わくわくするだろう。献立は何か、味つけは何か、ここの店ではこんな調理法をするのか――なんてことを考えながら、美味しいお弁当を食べる時間もいいものだ。

「わくわくするお弁当か……」

真琴の言葉を受け、俺が考え込もうとした時だ。

弁当を並べた店の前の道路を、小さな子の手を引いた女性が歩いてきた。それは知っている顔で、俺たちが口を開くよりも先に向こうから会釈をされた。

「正信くんと真琴さん、こんにちは」

うちの店のお得意様、斎藤《さいとう》さん家の佐津紀《さつき》さんだ。手を引いているのはお子さんの健斗《けんと》くん、幼稚園の年長さんらしい。

佐津紀さんは俺より五つ年上で、同じ学校に通ったのは小学校の一年間だけだった。だから子供時代の俺にとってはご近所さんではあるものの、正直あまり知らない先輩という印象だった。だがうちの母さんは斎藤さん家とも親しくて、日常会話にも当たり前みたいに佐津紀さん情報を盛り込んでくる。だから俺も佐津紀さんのことは、ご結婚されてお婿さんと一緒に函館に戻ってきたとか、市民プールでインストラクターをやっているとか、健斗くんが来年小学校に上がるとか、そういう情報を申し訳ないながらも一方的に知っていた。

もっともそれは佐津紀さんの側も似たようなものだろう。店の用件以外でろくに話したこともない俺を『正信くん』と呼ぶあたりから察せられる。

「先日はごめんなさい。せっかくの仕出しを急《せ》かすような真似をして」

佐津紀さんが眉尻を下げる。先日の法事の日の件だろう。

「構いませんよ、ちょうど出来上がったタイミングでしたし」

「むしろ間に合ってよかったです」

俺と真琴が揃って答えれば、佐津紀さんは日に焼けた顔でにっと笑った。

「ありがとう、またよろしくお願いしますね」

その笑顔には昔の面影がわずかに残っていて、俺が小学校に入学した直後は一緒に登校したこともあったっけな、などと思い出す。その時の記憶はやはりおぼろげだが、親切な、優しい先輩だったことは覚えていた。

そんな佐津紀さんのお子さんが来年には小学生か。俺が健斗くんの方を見ると、彼はぎこちない微笑を浮かべながら佐津紀さんの手をぎゅっと握る。うちの母さん情報によれば健斗くんはとてもおりこうさんだが、少々人見知りなところがあるそうだ。

「ほら、健斗。お弁当売ってるよ」

佐津紀さんは健斗くんの手を引き、店の前に並べてあるお弁当に近づく。健斗くんも一緒にお弁当を見て、あどけない口調で言った。

「お弁当だ」

「今日のお昼に買って帰ろうか？　お野菜食べるもんね？」

「うん！」

健斗くんが元気いっぱい頷いた時、俺はちょっと驚いた。

松花堂弁当はあまり子供向けの献立ではない。もちろん誰が食べても美味しいように丹精込めて仕上げてはいるが、小さな子の口に煮物や山菜の天ぷらは果たして合うだろうか。

俺の心配をよそに、真琴は手際よくお弁当を二折詰めて、佐津紀さんに手渡しながら言った。

「お買い上げありがとうございます。健斗くん、お野菜食べられるなんてすごいですね！」

「そう、お弁当なら食べるの」

と、佐津紀さんはそこで苦笑する。

「家のご飯でお皿に盛るとなかなか箸をつけてくれないんだけど、お弁当箱からなら不思議となんでも食べてくれて」

「へえ……気の持ちようってことですかね」

真琴が目を瞬かせると、佐津紀さんも首を傾《かし》げながら応じた。

「気分の問題はあるのかなあ。幼稚園入るまでは偏食すごくて心配してたのに、お弁当持たせたら普通に食べてくるからありがたいけど、なんで？　って思ったりね」

ね、と同意を求められ、健斗くんはわかっているのかどうか、うんうん首を縦に振る。

「偉いね、健斗くん。うちのお弁当も美味しく食べてね！」

少し屈み込んだ真琴の声掛けにも、あどけない笑顔を返してくれた。そのまま佐津紀さんに手を引かれ、もう片方の手を振りながら健斗くんは去っていく。まだランドセルを背負っている姿は想像できない後ろ姿だった。

「お弁当ならお野菜も食べられるんだって。そういうこともあるんだね」

「やっぱりそれも、お弁当の期待感がなせる業《わざ》なのかもな」

ちょうどさっき、彼女と話していたことだ。お弁当はわくわくするもので、だからこそ普段とは違う気分で食べられるものもある。子供が嫌がりがちな野菜だってすんなり食べられるくらいに——。

それならいっそのこと、野菜をメインに押し出したお弁当というのはどうだろうか。普段うちの店に足を運ばない層、若い方や小さなお子さんに向けて、たっぷり野菜を食べられるお弁当。もちろん見た目まで青々としていては食いつかれないだろうから、肉や魚も取り入れ、栄養バランスを考えつつご飯にも合う味つけにする。

「お弁当のアイディア、浮かんだかもしれない」

考えをまとめた俺が告げると、真琴は目を白黒させる。

「え！　どんなの？」

「お弁当の利点を生かし、野菜をたっぷり摂《と》れる弁当にしよう」

幸い、美味しい野菜には当てがあった。春先ならではの北国の味覚が、春のお弁当にはぴったりだ。

越冬野菜が甘くなるのは、野菜が寒さに耐えようとするからだそうだ。

雪の下に埋められた野菜は凍ってしまわないよう、細胞の中のデンプンを糖に変える。そうして養分をたっぷり蓄え冬を乗り越えようとするので、野菜自体が甘くなるらしい。

「それってつまり、冬場のダイエットが困難なことと同じかな？」

真琴がいやに真面目くさって尋ねてきた。

「困難なのか？　俺はしたことないからわからないけど」

「そうだよ！　寒くなってくるといろいろ蓄えちゃうから減らすの大変なんだから！　お野菜は甘くなるからいいかもしれないけど、人間は寒いと困ることばかりだよね、全く！」

憤懣《ふんまん》やる方ないという調子で力説してくるのがちょっと面白かった。そういうものなのか。

それはさておき、寒さで養分を蓄えた野菜たちは、通常よりもぐっと美味しい。キャベツや大根なら生のまま食べてもその甘さがわかるほどだし、軽く塩もみして食べるのもお薦めだ。でも今回はお弁当のおかずということで、きっちり火を通した上で美味しいメニューにしよう。

俺と真琴は家のキッチンで試作をすることにした。出来たら店に持っていき、父さんと母さんにも見てもらうつもりだ。いそいそと身に着けたエプロンは猫の手がたくさん描かれている可愛いやつで、動物柄が好きな真琴が結婚する際、『一緒に料理しようね』と買ってくれた品だった。俺には可愛すぎる気もしたが、他人に見せる予定はないので問題なしだ。

「で、献立はどうするの？」

お揃いのエプロンを着けた真琴も、腕まくりをして手を洗う。

「肉巻きにしようと思ってる。濃いめの味つけでご飯が進むし、野菜の食感も活かせるし」

薄切りの豚肉を広げ、軽く片栗粉を叩《はた》く。そして細切りにした野菜をくるくる巻いて、ごま油を引いたフライパンで焼く。巻かれた野菜は大根とキャベツと長ネギ、どれも違う食感がするラインナップだ。

豚肉の色が変わるまでじっくり焼いたら、醤油、みりん、酒、ポン酢などを加え、汁気がなくなるまで煮詰める。照り焼きにすると焦げやすいので火を強め過ぎないよう気をつけつつ、照りよくつややかに仕上げるのがポイントだ。

「わあ、いい匂い」

ガスコンロの前に立つ俺の隣で、真琴が深く息を吸い込む。ごま油の香りに加えて醤油などの美味しそうな匂いも漂い出すと、彼女は少しそわそわし始めた。お腹が空いてきたんだろう。

「真琴の分も作ったけど……先に味見しようか？」

俺がそう尋ねたら、たちまち満面の笑みになる。

「いいの？　するする！」

そこで俺は焼き上がった肉巻き野菜を小皿に取り分けた。真琴がそれを食べている間に、お弁当に詰める分の粗熱《あらねつ》を取り、そしてご飯を盛っておく。

店で売る分となるとレイアウトも大事だ。メインの肉巻きは真っ先に目につくよう、お弁当のセンターを陣取ってもらいたい。そして残りのおかずでそれを囲むように、彩りよく並べていくのが理想的だろう。他のおかずも越冬野菜を使うつもりで、ジャガイモ、ニンジン、ホウレンソウなどを用意しておいた。

「美味しい！　これはご飯に合うね」

真琴は味見分を食べ始め、すぐさま親指を立ててくれる。

「ごま油が利いてていい香りだし、お肉の旨味が野菜にしっかり染み込んでる。三つとも美味しくできてるよ！」

「真琴はどれが一番よかった？」

大根、キャベツ、長ネギの三種類を指差しながら尋ねると、彼女は難しげに眉を顰《ひそ》めた。

「一番なんて選べないなあ」

「あえて言うならでいいから」

「あえて言うなら？　うーん……」

それで真琴はしばし黙考した後、答える。

「大根かな！　なんか一番瑞々しさが活きてる感じがした」

俺も続いて味見をする。どの野菜も三者三様の美味しさがあったが、瑞々しさと言われれば確かにそうだ。肉巻き大根は噛むとじゅわっと広がるジューシーさがある。とはいえキャベツもしんなりしたところに油が絡んで、歯ごたえが少し残っているところが食べ応えがあっていい。長ネギと肉の相性も言うに及ばず、火が通って甘みが一層増すのがまた美味《うま》い。

「大根もいいけど、他の二つも美味しいな」

味見を終えた俺が思わず呟くと、真琴はどこか得意げに俺を見上げてくる。

「だよね、一番なんて選べないよね？」

「本当だ。選ばせて悪かったよ」

大根、キャベツ、長ネギと各々魅力ある肉巻き野菜をお弁当の中央に盛りつけた後、他のおかずも配置した。たくさん作るのに向いているホウレンソウとマカロニのサラダ、幅広い層に人気のあるジャーマンポテト、そして定番の甘い卵焼きまで決めたところで、ニンジンはどうしようかと悩む。

「あ、じゃあこの間食べたニンジンのラペは？」

悩んでいたのを見かねてか、真琴が助け舟を出してくれた。

「さっぱりしてて美味しかったし、箸休めにちょうどいいと思うな。メインがこってりめだから余計に合うよ、きっと！」

「いいな、そうしよう」

二人でお弁当を作るのはいいものだ。俺一人なら延々と悩んでしまうところにアドバイスをくれるのもありがたいし、前に作ったものを覚えててくれて、美味しかったと言ってもらえるのもいい。

結婚後の住居探しでは、二人で並んで立てるキッチンのある部屋がお互いの第一希望だった。食事は一緒に作ることもあれば、俺だけが作る場合も、真琴に作ってもらったこともある。でもどんな時でもキッチンは開かれていて、俺たち二人が自由に、楽しく過ごせる場所でありたいと思っていた。

だからこうして、隣に彼女がいてくれるのが嬉しい。俺が箸でおかずを詰めるのを見守ってくれているのも、顔を上げれば目が合って、はにかみ笑いを向けてくれるのも幸せだった。

「お弁当、完成したね！」

今も、彼女は大はしゃぎでとびきりの笑顔を向けてくれる。

「ね、お弁当の名前ってどうするの？」

「名前？」

予想していなかった問いに、俺は一瞬戸惑った。

「『越冬野菜の肉巻き弁当』でいいんじゃないか？　わかりやすいし」

「わかりやすいけど、そのまま過ぎない？」

「小料理屋のお弁当におしゃれな名前つけるのもなあ」

実際、うちの店のメニューは『本日のお刺身』とか『イカの塩辛』とか『ほっきサラダ』みたいに捻らずシンプルなものばかりだ。その方がわかりやすいし、注文する方も恥ずかしくないと思う。

でもそれはうちの店に慣れきった俺の意見であって、真琴ならもっと違う感性を持っているかもしれない。そう思い、聞き返してみた。

「真琴ならこのお弁当、どういう名前にする？」

「え？　そだね……」

自分から振っておきながら聞き返されるとは思っていなかったようで、真琴は首をひねって考え込む。

「越冬野菜だから『スプリングハズカム弁当』とか……？」

なんだ、真琴も結構直球の名前をつけるじゃないか。

俺が笑いを堪えたのを見て、負けず嫌いの彼女はムキになったように言い直す。

「い、今のはなし。じゃあ……『北海道の長い冬を乗り越えあなたのために甘くなりました・ときめきスプリングハズカム弁当』とかどう？」

寿限無《じゅげむ》の話を思い出す長さだ。

俺は迷わず頷いた。

「わかった、それで行こう」

「ちょっ、本当に待って！　冗談だから！」

「俺はいいと思うよ――ええと、なんだっけ？」

「播上も覚えてないじゃない！　いいから、本気にしないでってば！」

真琴が本気で慌てているのを見て、俺はつい噴き出してしまう。二秒後には彼女も大笑いし始めて――そしてお互い笑い転げながら相談した末、やっぱりシンプルが一番だという結論になった。


彩りも栄養バランスもばっちりの『越冬野菜の肉巻き弁当』を、開店前の仕込みの時間、普段ならまかないを食べる休憩中に出してみた。父さんと母さんからの評価は上々で、早速店に出そうと言ってもらうことができた。

「越冬野菜を使ったのか。なかなか目の付けどころがいいじゃないか」

珍しく饒舌《じょうぜつ》な父さんが、俺と真琴に向かって相好《そうごう》を崩す。

「地元のお客様はもちろん、観光目当てのお客様へのいいアピールにもなる。何より味がいいからな。肉巻きもその他のおかずも、野菜の旨味がよく活きている」

こんなに褒めてくれるのも、俺たちが二人で作った弁当だからかもしれない。普段の父さんはもっと口数少ないし、俺の料理にここまで言葉を並べることもまずなかった。

「美味しいじゃない。やっぱり若い人向けにはお肉がないとね！　お肉のついでにお野菜が取れるんだもの、いいことずくめよ」

母さんがいつもより喋らないのは、単に味わうのに夢中になっているからだ。父さんが味を見るためちびちび食べている間に、もうお弁当を完食しそうだった。

「そう言ってもらえてよかったです。播上も頑張って作ってたので」

嬉しそうな真琴がそう言って、俺の方を見る。

だから俺もすぐに続けた。

「二人で作ったんだ。真琴にも献立決めたり味見してもらったり、ずいぶん助けてもらったよ」

「そうでしょうねえ」

母さんは微笑み、父さんは無言で顎を引く。真琴はちょっときまり悪そうにしていた。

「私はなんにもしてないよ」

彼女からすれば謙遜《けんそん》のつもりもない本音なのかもしれない。だが俺も、嘘を言うつもりはなかった。

「いや、真琴がいなかったらこのお弁当はできなかった」

それで彼女はようやくはにかみ、

「大げさだなあ……じゃ、二人で作ったことにしておく？」

「ああ」

俺が頷くと、傍で聞いていた母さんがくすっと笑う。

「正《まさ》ちゃんは本当、素敵なお嫁さんに恵まれたわねえ」

その点についても全く異論はない。俺はもう一度、さっきよりも深く頷いておいた。

真琴は恥ずかしそうに首を竦め、それから思い出したように口を開く。

「そうだ。このお弁当には斎藤さん家の佐津紀さんのアイディアもいただいたんですよ」

「佐津紀ちゃん？　あら、何か言ってくれてた？」

「健斗くんが、お弁当でなら好き嫌いなくお野菜を食べるという話を伺ったんです」

「そういうことだったの。いいわね、お客様からのご意見も大事だもの」

ご近所さんの名前が出たからか、母さんは俄然張り切り出して、いつものように立て板に水の勢いで喋り出した。

「佐津紀ちゃんもすっかり素敵なお母さんになったものね。正ちゃんが小学校に上がる時、手を繋いで学校まで連れてってもらったの覚えてる？　あの時からお姉さんでしっかりした子だと思ってたけど、そのまま立派に育ってねえ」

「何十年前の話だよ……」

　母さんは十年二十年を昨日のことのように語るから笑えてくる。でもまあ、父さんも母さんもずっと函館の湯の川に住んでいるし、この辺りの歴史の生き証人みたいなものだ。近所で誰が生まれたとか、誰が結婚したとか、そんな話が年表みたいに記憶に刻まれているんだろう。そして例えば佐津紀さんの家でも、こんな感じで俺たちの話題が出されたりするんだろうということも想像がつく。

　新鮮なのはそんな会話に、自然と真琴が加わっていることだ。

「お母さんはちゃんと覚えてるもの。正ちゃんは小さな頃からぼんやりした子だったけど、とにかくお料理が好きでね」

　思い出話を始めた母さんに、真琴はすかさず食いつく。

「やっぱりお義父さんから教わったりしてたんですか？」

「じっくり教わってたわけじゃないけど、門前の小僧ってやつなのかしらね。何かっていうと一緒に台所に立ってて、正ちゃんもお米砥ぐとこから始めてね。そのうち遠足のお弁当なんかも自分で作るようになったのよ」

「すごい！　やっぱり小さな頃から料理してたんですね」

感嘆の目で見られるのは悪い気がしないが、くすぐったさの方が強い。

「母さん、俺の話はそのくらいで……」

止めに入っても無駄だということは、長い付き合いの親なのでわかってはいる。現に父さんは静かにかぶりを振っていた。そして母さんはまあまあと宥めるみたいに俺に言う。

「いいじゃない、真琴さんだって正ちゃんのことはたくさん知っておきたいのよ」

「はい！　知りたいです！」

また真琴も元気よく答えるから、母さんはますます勢いづくわけだ。

「正ちゃん、どうせなら卒業アルバム見せてあげたら？　うちのどこかにあったわよね」

「いや本当にいいから……出さないで、頼むから」

母さんが俺のいないところで真琴に変なこと吹き込まないよう、しばらく目を光らせておかなければ。

母さんのことはさておき、『越冬野菜の肉巻き弁当』は無事に発売することになった。売り出すにあたって父さんは丁寧にアドバイスをくれた。肉巻きは中の野菜が見えるように端をきれいに切りそろえた方がいいそうだ。

「見映えが良くなるのもあるが、特に子供は中身が見えた方が安心するからな。お客様もその方が選びやすいだろう」

それ以外にも味つけや盛りつけにいくつか助言をくれた。料理人として父さんは遥かにベテランだし、信頼できる人だ。俺は尊敬の念を抱きつつ、真琴と共に弁当を仕上げた。

松花堂弁当と共に並べて売り出した『越冬野菜の肉巻き弁当』は、思ったよりも滑り出しのいいスタートを切った。純粋に単価が安いのもあるだろうし、松花堂弁当よりも庶民的で、手に取りやすいメニューという点もよかったのかもしれない。小料理屋がどんな店か知らない人たちにとっても、メニュー名を前面に押し出した弁当は選びやすかったようだ。

「こういうお弁当も売ってるお店なんですね！」

近くの温泉ホテルで働いていると思しき制服の人から、そんな声を掛けられたりもした。

「親しみやすい味でよかったよ。こんなメニューを増やしてくれたら、お昼ご飯にいいねえ」

ご近所さんからはそう褒めていただいたりもして、純粋にランチの需要があることも摑めた。

そういえば佐津紀さんも、健斗くんの手を引いてお弁当を買いに来てくれた。なんと健斗くんは肉巻き三種を全てぺろりと食べてくれたそうだ。

「長ネギなんて、今まで見向きもしなかったんだけどね」

後日、店頭で弁当販売をしていた俺たちにそう語った佐津紀さんは、どこか悔しげに笑っていた。

「私があれこれ手を尽くしても食べなかったネギを『美味しい』って食べちゃうんだもん。やっぱ播上さんのお弁当はすごいねって家族で話してたとこ」

「美味しかった！」

健斗くんは天真爛漫《てんしんらんまん》な声を上げる。

それはもちろん作り手冥利《みようり》に尽きるお言葉だったが、食べてくれた理由は美味しかったからだけではないのだろう。お弁当という非日常感が健斗くんを高揚させて、苦手な野菜すら食べられるようになったのだ。佐津紀さんも健斗くんがお弁当を一層楽しく味わえるよう、頑張って盛り上げたりしているはずだった。

「佐津紀さんの言ってた通りですね。お弁当ならお野菜も食べられるようになるって」

俺の言葉に、佐津紀さんも納得の表情を浮かべる。

「そうだね、お弁当の力もあると思う。でもやっぱり、播上さんのお弁当が美味しかったのが一番じゃないかな」

「ありがとうございます、光栄です」

そう言って頭を下げたら、なぜかおかしそうに噴き出された。

「ごめん。正信くんが急に大人になってて、面白くて」

佐津紀さんは笑いながら、健斗くんの頭にぽんと手を載せる。

「私の知ってる正信くんって、まだこのくらいの子供だったんだもん。それがいきなり大きくなってお店に立ってるでしょ？　私も歳取ったなあって思っちゃった！」

母さんといい佐津紀さんといい、俺のことをいつまでも小さな子供だと思っている人はずいぶんいるらしい。大学に進学してからこっちに戻ってくるまで、九年近く帰っていなかったのがいけなかったのだろうか。

「なんか、みんなに子供扱いされるな」

俺がぼやくと、隣に立つ真琴が訳知り顔で答える。

「実家あるあるだよ。私も帰ったら、お兄ちゃんたちからこういう扱いだもん」

やっぱり、そういうものなのか。

四月から五月にかけての連休を、俺たちは忙しく働いて過ごした。

お蔭様で店は大盛況だったし、ランチタイム販売の弁当も予想を上回る売り上げだった。それはもちろん素晴らしいことだったが、忙しさにかまけているうちに桜が満開の時期を迎えてしまった。せっかく函館で初めて過ごす春、せめて真琴に桜は見せておきたくて、連休明けの平日、俺は彼女を五稜郭公園まで連れ出した。

珍しく風の弱い、暖かな日だった。散り始めた桜がはらはらと風に乗り、堀の水面を覆うように降り落ちる。満開の桜の花はうっすらピンクがかった白で、木々の足元を覆う下草の緑、抜けるような春の青空と、全てが春らしい色をしていた。

「わあ……すごくきれいだね。言葉がなくなっちゃう……」

堀の手前に設置された柵にもたれ、真琴が深い息をつく。

桜の花びらに埋め尽くされた花筏の向こうにも桜並木が続いていた。五稜郭公園は堀の外側にも内側にも延々と桜が植えられていて、この時期になると雲が下りてきたみたいに一面ふわふわの桜色で包まれる。月並みな表現だが、夢のような景色だった。

「五稜郭公園の桜はソメイヨシノなんだね」

「函館は大体そうだな。元町《もとまち》公園にはシダレザクラがあったはずだけど」

「ほら、円山《まるやま》公園ってエゾヤマザクラだったから。道央と道南で主流の桜も違うんだなって」

真琴が札幌の公園を挙げたから、そういえばそうだったなと思い出す。エゾヤマザクラはソメイヨシノよりも濃く、より可愛らしいピンク色をしていて、それなら『桜色』はどちらの色なんだろうと考えたこともあった。とはいえ札幌にもソメイヨシノがないわけではなく、現に開花を示す標本木は札幌でもソメイヨシノだ。これが旭川や帯広まで行くとエゾヤマザクラになるらしいから、その辺りに境界線があるのだろう。

「真琴はどっちの桜が好き？」

公園の外周をのんびり歩きながら、何気なく尋ねた。

どちらも美しさでは引けを取らない桜だ。即答するとは思っていなかったが、案の定真琴は眉根を寄せて考え込む。

「え、難しい……どっちもきれいだし好きだけど」

「そりゃそうか、俺もだよ」

「でも、播上とお花見は初めてだからね。今年の桜は特別好き！」

声を弾ませた彼女の言葉に、俺は息を呑んだ。

事実、初めてだ。札幌では五年間も一緒に働いていたのに、俺たちが二人で花見をしたことはない。機会がなかったといえばそうだし、度胸がなかったというのも正しい――九割くらい後者だ。彼女とは入社一年目から親しくしていたが、『メシ友』という共通の趣味を持つ関係は居心地がよすぎた。俺が彼女に恋をしたと気づいた時も、その居心地のよさを失うのが怖くて長らく何もできなかったのを覚えている。我ながら情けない。

もっとも、そういう時間を経てきたからこそ今の俺たちがあるとも言えるから、今更後悔しているわけでもない。

「そうだったな、特別か……」

あの頃できなかったことは、これから新しい思い出にすればいい。そう思って、俺も口を開く。

「じゃあ、今日は桜をとことん楽しもう。桜の下でお弁当を食べて、その後はタワーに登ろうか」

「もしかして、あれ？」

真琴が公園の傍らに建つ白いタワーを指差した。

「そう、あれ。五稜郭タワー」

タワーと名のつく建造物は大体そうだと思うが、五稜郭タワーも最上階がガラス張りの展望室になっている。そこからは五稜郭公園が真上から見下ろせるから、本当に星形をしているんだということも目で確認できた。

「桜の季節は特にきれいだよ。大きな綿あめみたいに見える」

「いいね！　五稜郭公園、上から見てみたかったんだ」

彼女も興味を持ったようで、俺の手を掴み引いてくる。

「行こう、播上！　まずはお弁当食べよう！」

「ああ」

大はしゃぎの彼女に引っ張られて、俺も浮かれ気分で歩き出した。繋いだ手が温かい。

五稜郭公園には星の形に沿うように張り巡らされた堀があり、堀の奥には土塁がある。桜の木は土塁の上にも下にも植えられていて、小高いところから一面の桜並木を見下ろすこともできれば、土塁の下から二段構えにびっしりと咲く桜を眺めることもできた。俺たちは土塁の下にピクニックシートを敷き、桜の花々を屋根にしてお弁当を食べることにする。

本日の花見弁当は店で売り出したのと同じ、野菜の肉巻き弁当だ。もっとも全く同じでは芸がないので、今回は茹でて潰したジャガイモやささがきゴボウ、そして越冬野菜ではないが旬のものということでアスパラガスを巻いている。錦糸卵とピンクのでんぶを載せたいなり寿司と俵型に握った鮭おにぎり、デザートには春らしくイチゴも添えた。店で売っている弁当よりも、ピンクが多くて可愛らしいお弁当になった気がする。

「桜の季節にぴったりだね。いただきまーす」

真琴は早速肉巻きに箸を伸ばし、ぱくっと大きく頬張った。すぐに満足そうな表情を浮かべる。

「うん、美味しい。さすがうちの店のお弁当！」

こういうのも手前味噌というのだろうか。あるいは自画自賛か。なんにせよその言葉につい口元がゆるんでしまう。

「今日のは非売品だけどな。花見用の特製弁当だ」

「お客様に申し訳ないね、こんなに美味しいのいただいちゃって」

言葉とは裏腹に、真琴は悪びれずにこにこしていた。こんなに喜んでもらえるんだったらいくらでも早起きするし、どんな料理だって作る。お店に出すお弁当作りも大事だが、真琴に食べてもらうお弁当作りも、仕事と同じくらい大事で、そして楽しいことだ。

「また外で食べると格別だよな、天気もいいし」

「桜もきれいだしね。来てよかったな……」

連休明けだからか、公園内はそれほどひと気も多くなく静かだった。時々風が木々を揺らす音がするくらいだ。はらはらと雪みたいに降ってくる桜の花びらが、お茶を注いだコップの水面にも舞い落ちる。絵に描いたようなお花見の風景だった。

「播上はここ、よく来たの？」

花びらを肩に乗せた真琴が、いなり寿司に手を伸ばしながら尋ねてくる。

俺も鮭おにぎりを飲み込んでから答えた。

「いや、結構久し振り。子供の頃は遠足や林間学校で来たけど」

「そうなんだ。播上の子供の頃かあ」

真琴がちょっと含み笑いみたいな顔をしたので、何か思い出したのかもしれない。このところ母さんがやたら聞かせたがる昔話とかを。

特に優秀でもなければ誇れる美談持ちでもない俺は、気まずさと気恥ずかしさから黙り込む。

ところが彼女の次の言葉は、予想とは違うものだった。

「正信くん、かあ」

俺の名前だ。

そういうふうに呼ばれたことは、まだ一度もない。俺が見守る中、真琴はいたずらが見つかった子供みたいな顔をする。

「佐津紀さんがそう呼んでたでしょ。なんかいいなって思ったんだよね」

それは別に佐津紀さんに限った話ではなく、うちのご近所さんのうち俺より年上の人たちはみんな俺をそう呼んだ。大体が俺のことを子供の頃から知っている人たちだ。

「呼び方って人の歴史っていうか……播上がどういうふうに思われてるのか、わかった気がして。だから『正信くん』って呼ばれてるの、いいなって」

そういうものだろうか。俺はその呼び方に不満はないが——少なくとも母さんが未だに『正ちゃん』と呼ぶのよりは全然マシだと思っているが、来年には三十になるのにな、という複雑な気分もなくはない。

「みんな俺をまだまだ小さい子供みたいに思ってるんだよな」

俺がぼやくと、真琴は優しくかぶりを振る。

「播上がいい子だからだよ。グレて手がつけられない子に育ってたら『正信くん』とは呼ばないいんじゃない？」

「そうかなあ……」

「絶対、そうだよ」

彼女が保証してくれたので、まあ、そういうふうに思っておこうか。悪く捉えるよりは前向きに考える方が気分もいい。少なくとも俺はグレもせず、すくすくと育って函館へ帰ってきた。そのことだけは事実だ。

真琴は何かためらうように、短い髪を手でかき上げた。覗いた小さな丸い耳の傍を、桜の花びらがかすめるように落ちていく。

「私も、そう呼んだ方がいいかな」

珍しく小さな声で聞いてきた。

彼女は俺を『播上』と呼ぶ。結婚して彼女自身が『播上真琴』になった今でもだ。

長すぎた友人期間はずっとそう呼んできたから、今更切り替えるのもなかなか難しいようだった。

「いいよ、呼んでも」

俺は頷いたが、真琴は迷いがあるようだ。もう一度髪をかき上げてから曖昧《あいまい》な笑い方をする。

「播上は、名前で呼ばれる方がいい？」

改めて問われると困った。俺は別に、従来通りの呼び方でも違和感なんてなかったからだ。

歴史というなら彼女が俺を『播上』と呼ぶことにだって六年以上の歴史がある。ご近所さんたちとの交流よりは短いかもしれないが、その分中身のぎっしり詰まった、何物にも代えがたい時間だ。俺のことを名字で呼ぶ人は他にもいて、例えば東京に行った元同僚の渋澤瑞希《しぶさわみずき》もそうだった。だが他の人に呼ばれるのと、真琴が俺を『播上』と呼ぶのとでは意味が違う。彼女が呼んでくれると、なんというか――それだけで嬉しい。

だから、正直に答えた。

「俺は真琴が呼んでくれるなら、なんでもいい」

その答えは真琴をずいぶん驚かせたようだ。彼女は目を丸くした後、花びらが浮かぶお茶をぎくしゃくと呷《あお》った。それから早口気味に応じる。

「や、でもさ。よその女の人が『正信くん』って呼んでるのに、奥さんたる私が『播上』なのも変じゃないかなって——あっ、別に変なやきもちとかじゃないんだけど！」

「そんなこと気にしてたのか」

「気にしてるってほどじゃないけど！　でも、ほら……」

真琴は空っぽになったコップを所在なげにゆらゆらさせて、次の言葉を探していたようだ。でもなかなか浮かんでこなかったみたいだから、俺が先に語を継ぐ。

「佐津紀さんだけじゃなく、俺のことを小さな頃から知ってる人は大体『正信くん』って呼ぶよ。俺はそう呼ばれて嬉しいとも嫌だとも思わないけど、真琴なら別だ。真琴には呼んでもらえるだけで嬉しいからな」

ずっと昔からそうだった。札幌で勤めていた頃、二人でお弁当を食べた社員食堂で、あるいは偶然行き会った廊下で、あるいはたまたま一緒になった通勤路で——彼女が俺を見つけて『播上！』って呼んでくれるだけで嬉しかった。それは今でもちっとも変わらない。

「だから、どう呼んでくれてもいいよ」

俺がそう続けると、彼女は顔を赤らめて一度俯いた。だがすぐに視線だけをこちらに向けて、おずおずと言った。

「……播上」

甘えるような、でもちょっと拗《す》ねているようにも聞こえる呼び方だった。

「ん？」

「嬉しい？　私に呼ばれて」

「ああ、もちろん」

素早く頷くと、真琴は困ったように笑う。

「そっか、じゃあ……もうしばらく『播上』にしておこうかな……」

微かに潤んだ瞳の彼女が、噛み締めるみたいにゆっくり瞬きをした。その後で浮かべた笑みは、言葉が出なくなるほど優しく、柔らかい。

「私たちにだって歴史があるもんね。ずっと一緒にいたんだから」

その時、真琴も思い返していたんだろう。俺たちが過ごしてきた六年間のことを。

城跡の公園は静かで、桜の花びらが降り積もる音さえ聞こえてくるようだ。辺り一面を覆う桜色の中で、俺たちはもうしばらく、幸せな時間を味わうことにした。

2、変わりイカ飯弁当

六月に入る頃、朝の函館は賑やかになる。

津軽海峡《つがるかいきょう》でマイカ漁が始まると、集魚灯を点した漁船が夜の海へと繰り出す。眩《まばゆ》い漁火《いさりび》に吸い寄せられてやって来るマイカは六月からがシーズンで、水揚げされた新鮮なイカは生きたまま競《せ》りにかけられるのだ。もちろん鮮度は抜群で、そのまま鮮魚店に並んだり、うちのような飲食店に仕入れられたりもする。

そして早朝、函館の街中をイカを売る移動販売車が走り始める。

『イガ、イギイギイガ、イガイガ』

移動販売車から流れてくる音声が濁って聞こえるのは、単に訛《なま》っているからだ。スピーカーの調子が悪いわけでもマイクの音質のせいでもない。初見だとわかりにくいかもしれないが、慣れればイカを売り歩いているのだと察せる。

俺たちが住んでいる湯の川辺りでは、ホテルなどに泊まったお客様向けに朝イカを捌いてくれるサービスなどもあるらしい。俺は捌けるからその必要はなく、イカを買うだけでいいのだが。

ともあれ、俺はこの季節を待っていた。函館には美味しいものがたくさんあるが、一番の名物はやはりイカだ。真琴《まこと》には一度、獲れたてのマイカの刺身を食べさせたい。マイカ漁が始まり、移動販売車が回ってくるようになったら早速刺身をごちそうするつもりでいた。

時刻は朝五時五十分、俺は無事に目を覚ましている。店の仕事がある日は寝つくのが日付が変わった後になるから、朝早く起きられるかが心配だった。しかしこの時間なら、今から身支度をすればどうにか間に合いそうだ。

隣では真琴がすやすやと寝入っている。パジャマ代わりに小鹿柄のTシャツを着た彼女は、赤い唇を薄く開け、聞こえるか聞こえないかくらいの微かな寝息を立てていた。熟睡するタイプのようで、一旦眠りに落ちると朝まで起きないし、いつもこんなふうに穏やかであどけない寝顔をしている。さらさらで柔らかい髪が枕の上に広がっていて、思わず手を伸ばして撫でたくなった。

俺は真琴の髪をきれいだと思っているが、本人に言わせるとなかなか厄介《やっかい》で扱いが難しい髪質らしい。柔らかい分、寝癖が付きやすいのだそうだ。雨の日や夏場などは特に酷いそうで、だから寝癖がついたところを絶対俺に見せたくないと言っていた。

『本当に爆発してるみたいになっちゃうから、恥ずかしくて無理！』

そう主張する真琴は、だからか俺より早く起きようとする。朝は即座に洗面所へ向かって髪を整え始めるし、顔を洗ってメイクまで済ませて現れる。毎朝大変だろうと思うし、俺は気にしないとも言っているのだが、彼女に言わせると新婚早々に愛想を尽かされないように必死なのだそうだ。

もちろん俺に言わせれば愛想を尽かすなんてありえない。そもそも真琴のすっぴんは今も含めて毎日見ているし、メイクをすれば確かによりきれいにはなるが、何もしないでも十分可愛い。寝癖だって爆発なんて言うほどでもない、ちょっと跳ねてるくらいだ。それもそれで可愛いと思うし、気にすることないのに。

外は既に日が昇っていて、カーテンを閉めた部屋もじわじわと明るくなっていた。Tシャツに描かれた小鹿と同じように丸くなって眠る真琴の髪は、今朝はあまり寝癖がついていないように見える。夏掛けを肩まで掛け直してあげると、その口元がほんの少し微笑んだようだ。俺も優しい気持ちになって、そっと布団を抜け出そうとした。

「……播上《はたがみ》」

寝ぼけた声が後ろで聞こえ、振り返る。

まだ身を起こしてもいない真琴が、それでも目を擦りながらこっちを見ていた。起こしちゃったか、悪いことしたな。

「んん……今、何時？」

「六時。まだ早いし、寝てなよ」

「播上は？」

「俺はイカ買ってくる」

「イカ……？」

「この時期、朝から売ってるんだ。美味しいよ」

俺の答えが聞こえているのかいないのか、真琴はまどろみながら頷いた。単に舟を漕いだだけかもしれない。

「とりあえず、行ってくる」

そう言って布団から離れようとした俺の手を、彼女の手が不意に掴んだ。結局目を開けられていない彼女が、それでも寝ぼけ声で言う。

「早く、帰ってきてね……」

その縋るような言い方と、寝起きのせいかやけに熱く感じる柔らかい手に、俺はまんまとうろたえた。

「あ、ああ。もちろん」

そして今度こそ本当に布団を脱しつつ、改めて思うわけだ。

やっぱり真琴、可愛いな。好きだ。


早起きの甲斐あって、俺は無事に朝イカを購入することができた。

新鮮なうちに家のキッチンで捌いて刺身にする。炊き立てご飯とナスの味噌汁、刺身にはおろしショウガと大根おろしも添えた。俺はショウガで食べるのが好きだが、真琴は全部試してから、両方入れた方が好きだと言う。

「いや、やっぱり本場の味は違うね！　イカがパリパリしてるもん！」

どうやら気に入ってもらえたようで、彼女は目を輝かせながらイカの刺身を食べてくれた。ご飯もおかわりするほどの食べっぷりに、俺も買ってきてよかったと思う。

「真琴にも一度食べてもらいたかったんだ。函館と言えばイカだからな」

「名物になるだけあるよ。新鮮なイカってこんなに美味しいんだね！」

新鮮なイカの刺身は透き通っていてぬめりがなく、パリパリとした食感が特徴だ。それでいて硬いということもなく、噛むとほんのり甘みがあるのも美味しいポイントだった。観光客の方々は函館のイカを食べると、『こんなの食べたことない』と必ず驚く。そんな贅沢な味がちょっとの早起きとひと手間で食べられるのがここでの夏だ。

函館名物といえばイカ、というのは全国的にも有名な話で、例えばご当地キャラも函館にはイカ型のやつが何体かいるし、マンホールの蓋にもイカの絵が描かれている。湯の川地区を流れる鮫川《さめがわ》の看板もイカの形をしていたし、函館市民なら大抵は踊れるイカ踊りというものもある。

「イカ踊り？　播上も踊れるの？」

「まあ一応。小学校の時やったたし、盆踊りでも曲掛かるし」

「見たい！　後で踊ってみてよ！」

「俺一人で？」

真琴の頼みと言えど、音楽もなくソロでイカ踊りはちょっと。

それはさておき名物というものはそう呼ばれるだけの理由がある。広大な北海道には美味しいものがたくさん、各地に散らばってはいるが、やっぱりイカは函館で食べるのがいい。地元民として強く主張しておきたい。

そういえば似たようなことを前に渋澤《しぶさわ》も言っていたな。まだ札幌で勤めていた頃、ふと豚丼を食べたくなり、思い立って帯広《おびひろ》まで車を走らせたことがあったとか――二百キロの距離を苦もなく移動しようとする渋澤の情熱には感服したものだが、そこまでして名物を食べたかったというのも理解はできる。

「名物かあ。私の地元だと……」

恵庭《えにわ》市出身の真琴はそこで箸を止めて考え込んだ。

「そっちはカボチャとか、ハスカップがあるだろ」

恵庭にも美味しいものがたくさんある。真琴の家に結婚のご挨拶に伺った時は、お菓子作りの上手なお義母《かあ》さんにカボチャプリンで歓迎していただいた。さすがは『魔法の手』の持ち主だけあり、あのプリンの味は思い出す度にまた食べたくなる。

「あと、ビール工場もあるよ！」

真琴は少し得意げに続けた。

「私は行ったことないんだけど、お兄ちゃんが言うには工場見学したら試飲ができるんだって。出来立てのビール、やっぱりすっごく美味しいらしいよ」

「へえ……」

俺はさほど飲む方でもないが、それでも出来立てのビールは魅力的に思えた。店売りのビールとは味や喉越しが異なるのだろうか。思わず喉を鳴らすと、真琴も嬉しそうに目を細める。

「今度うちの実家行くことあったら、ついでに寄っていこうよ」

「いいな、そうしよう」

彼女は結婚してからまだ一度も里帰りをしていない。無理をすれば日帰りで行けるくらいの距離ではあるのだが、どうせ帰省をするならゆっくりできた方がいいだろうし、まとまった休みが貰えたらでいいと本人も言っている。

「私も札幌暮らしが長かったし、故郷恋しいみたいなのはあんまりないんだよね」

軽い調子で肩を竦める真琴に、それでも俺は念を押しておいた。

「息抜きに帰りたくなったらいつでも言ってくれ。親御さんだって心配してるだろうし」

「心配はしてないよ。播上がいかに優しい人か、いっぱい言ってあるからね。うちの母もいつも言ってるよ、『真琴は末っ子で甘えん坊だから、播上さんみたいな人と結婚できて安心だ』って」

彼女がそう言ってくれたので少しほっとする。ただ、俺は真琴を甘えん坊だと思ったことはないのだが——いや、今朝はちょっとそんな感じだったか。

思い出して密かにどぎまぎする俺をよそに、真琴は張り切った様子を見せる。

「ま、しばらくは仕事に慣れるの優先したいからね。お弁当売りも軌道に乗ってきたし、頑張らないと！」

全く頼もしい限りで、頭の下がる思いだ。

春の連休中に売り出した『越冬野菜の肉巻き弁当』は、思いがけない売り上げを稼ぎ出した。

観光シーズンということである程度の売れ行きは見込んでいたが、結果は俺たちの予想以上だった。松花堂弁当よりも庶民的で低価格なお弁当は、これまでうちの店に縁のなかったご近所さんや近場で働く人たちへの門戸を開く形となったらしい。連休後も継続して売り上げがあり、完売後に問い合わせをもらう日も何度となくあった。

父さんは顔には出さないが大喜びで、俺たちにボーナスを出すとまで言ってくれた。

こうなるとうかうかしていられない。季節が移り替わる今、夏にふさわしい新たな弁当の開発に乗り出さなくてはいけない。七月にはまた観光シーズンがやって来る。

「夏の食材って言ったらやっぱりイカ？」

「迷うな……この時期は美味しいものがいっぱいあるから」

その日の午前、俺たちはお弁当の食材選びと、自宅の買い出しも兼ねて近所のスーパーへ足を運んだ。今日も店は開ける予定だったが、ランチタイム販売は一週間ほど休むことになっている。新商品開発のためという名目だ。ただそれを知ったお得意様たちからは、早い再開を望む声をちらほらいただいている。

「佐津紀《さつき》さんも言ってたね。健斗《けんと》くんの夏休みが始まったらお弁当あると助かるって」

「そういう需要もあるよな」

次のお弁当もご好評いただけるよう、俺たちとしても努力を重ねたいところだ。

この時期のスーパーは薄着の身体に冷房が少しきつい。自動ドアを潜ってすぐの掲示板には湯の川の花火大会の開催を知らせるポスターが貼ってある。そして催事売り場にはもう手持ち花火が並べられていて、夏が来たなと実感させられた。

スーパーの構造はどこもよく似ていて、入り口近くが青果コーナーになっている。そして夏の青果売り場を賑わすのはやはり旬のトウモロコシだろう。茹でるだけで甘くて美味しいおやつになるし、この時期のは安いのもいい。

「あ、とうきび食べたい。私茹でるから買おうよ」

「いいな、俺も食べたかった」

真琴がトウモロコシを皮つきのまま買い物かごに入れる。長いひげのトウモロコシはまるまると育っていて、いかにも実が詰まっていそうだった。お弁当のおかずとしてもいろいろと使い出があるし、これも食材候補の一つではある。

北海道の夏の味覚と言えば、オレンジの果肉が瑞々しい夕張のメロンや。当麻町《とうまちょう》名物の、皮が真っ黒で中身は赤く熟したスイカなどもあった。だが鮮度が命、しかも冷やした方が美味しい果物はお弁当には向かない。食材としてはそれ単体で売り込めるくらい魅力的だが、採算が取れるかという問題もある。

「売りとしては最高だろうけどね。『北海道メロンを贅沢《ぜいたく》に使用しました!』とか」

真琴も残念そうにしていたが、これぱかりは仕方がない。

青果のアイドルたちに後ろ髪を引かれつつ、次に俺たちは鮮魚コーナーへ足を向けた。

夏の味覚は魚介類にもたくさんあって、例えばこれも高級食材だが積丹《しゃこたん》産《さん》のウニや噴火《ふんか》湾《わん》の毛ガニが出回ってくるのもちょうど今頃の時期だ。もう少し庶民的に行くならホタテや甘エビなんかも店頭に並び出し、食卓を華やかに彩ってくれる。今はまだ早いが来月辺りになればホッキ漁も始まるし、何を食べようか目移りするくらいだ。

「そういえば、渋澤が『最近ホッキ貝食べてない』って言ってたな」

鮮魚売り場を眺めながら俺がその名前を口にすると、真琴の顔も柔らかくほころんだ。

「ホッキ貝って本州だとマイナーらしいね。たまにお寿司屋さんにあるくらいみたい」

「結構そういう食材あるんだな、前もササギ売ってないって言ってたし」

「えー、ササギないのは私的に辛いかも」

本気で辛そうな顔をした彼女に、俺は渋澤から仕入れた情報を伝える。

「でもササギの豆は売ってるらしい。渋澤が言うには、東京の人はササギ豆で赤飯を炊くんだって」

「へえ、そうなんだ！　どんな味するんだろ」

「向こうの赤飯は甘くないって言うけど、俺も小豆以外は食べたことないな……」

東京に行った渋澤とは、今でも定期的に連絡を取り合っていた。向こうで料理を趣味にし始めた渋澤は俺にちょくちょくレシピを聞きたがり、俺も喜んでレシピを送ったり、時々近況報告も交換したりしている。向こうで結婚した渋澤は最近とみに幸せそうで、奥さんの一海《かずみ》さんについて惚気《のろけ》たがるのは多少なら別にいいのだが、俺にまで惚気話を強要してくるのだけは参っていた。あいにくそういう話を照れずにすら言えるような俺ではない。

もっとも、これだけ距離が離れても、あるいはお互いに結婚しても交友関係が続いているのは嬉しいことだ。俺は高校を卒業した時に函館を離れ、九年経ってまたこちらに戻ってきたため、地元の友達とはすっかり縁が切れてしまっている。かといって大学時代の友達とは就職後の忙しさでやはり連絡を取らなくなっていたし、現在友人と呼べる相手は渋澤だけだった。その渋澤とだってもう三年以上顔を合わせていないのだが、あいつはまるで昨日会ったみたいに気安い連絡をくれる。

「渋澤くんたちがこっちに来ることあったら、いろいろごちそうしたいね」

真琴も笑顔でそう言った。

「そうだな、夫婦でもてなそう」

渋澤もそのうち函館に来たいと言ってくれている。東京からではさすがに日帰りとはいかない旅行になるだろう。だから余裕のある時に夫婦で来るつもりだそうだ。

俺としても一海さんの写真を見せてもらっただけなので、直《じか》にお会いするのが楽しみだ。ほっそりしていて背の高い、とても上品な雰囲気の人で、シンプルなウェディングドレスがモデルのようにとてもよく似合っていた。フロックコートの渋澤と並べばまるで結婚式場の宣材みたいに見映えがするなと、真琴と二人で感嘆したものだ。

「時期にもよるけど、夏だったらイカ食べさせたいね」

朝に食べた刺身がよほど気に入ったのか、真琴は鮮魚コーナーでもイカを指差してみせる。

夏の北海道には美味しいものがたくさんあった。だが函館に来るのなら、まずはイカを食べてもらわなくては始まらない。我が街の名物を一年で一番美味しい時期に食べられる、この幸せを来た人みんなに味わってもらいたい。

「やっぱり、夏はイカだよな」

俺も売り場に並ぶマイカを眺めて思う。

正式にはスルメイカと呼ばれるこのイカは、もちろん刺身以外だって美味しく食べられる。イカ焼きにしてよし、大根と一緒に煮てよし、塩辛にしてもよし、ワタだってコクがあるので美味しく食べられる、捨てるところのない万能食材だ。

となると、夏に売り出すお弁当もイカを使ったものにするのが函館らしいのかもしれない。散々迷っておいて結局ここに辿《たど》り着くのも恥ずかしいが、それだけのポテンシャルが函館のイカにはある。

「やっぱり、弁当のメインもイカにしようか」

俺の提案に、真琴も同じことを思っていたようだ。

「いいね。名物だもん、みんな食べたいんじゃない?」

「そうなると、何を作るかだな……」

メインの食材が決まったところで、ひとまずは買い出しを終えることにする。俺たちは店内を一回りし、生活に必要な品を買い込んだ。そしてお会計をしようとレジに向かうところで、不意に肩を叩かれた。

真琴かと思って振り返った俺の目の前には、見知らぬ男性が立っていた。

「播上！　噂通り、こっちに帰ってたんだな！」

「え……？」

その親しげな口調、そして一見した感じの佇まいは同世代に見える。だが俺はその男性に覚えがなかった。髪型は爽やかなセンター分け、目元は細く垂れ目がちで、背丈は俺より少し低いくらいだ。人懐《ひとなつ》っこい笑みを浮かべており、少なくとも俺を知っている相手であろうことは把握できた。

でも、誰だかわからない。店のお客様ではなさそうだが。

「知ってる人？」

俺の戸惑いを見かねてか、真琴がそっと囁いてきた。どう答えようか迷っていれば、男性は苦笑しながらシャツの胸ポケットに収めていた眼鏡を掛ける。

「おい、俺だよ俺。そこまで老けてないだろ？」

細い垂れ目に黒いセルフレームの眼鏡――その時ようやく、難しいなぞなぞが解けたようなひらめきを得た。

「熊谷《くまがい》か？」

思い出した。眼鏡を掛けた時の頭のよさそうな雰囲気、笑うと目がなくなるこの表情、そして函館訛りのイントネーション。中学高校と一緒だった熊谷だ。

「そうそう！　覚えててくれてほっとしたよ」

熊谷も安堵したように相好を崩す。

「高校の時、同級生だった熊谷。何年かぶりに会ったから顔わからなくて」

俺が真琴にそう説明すると、頷く彼女を見て熊谷が細い目を見開いた。

「播上の彼女？」

「いや、妻」

あまりに言い慣れなくて『妻』の言い方が不自然になってしまったが、熊谷はよほど驚いたようで声も出さずに口を大きく開ける。そのまま、笑顔でお辞儀をする真琴に会釈を返していたほどだ。

そして一拍置いてから、聞き返された。

「マジか、結婚してたの？　それは噂になってなかったな」

「噂って？　俺の？」

そういえばさっきもそんなことを言っていたな。恐る恐るの俺の問いに、熊谷は事もなげに答える。

「ああ、みんなでお前の話もしてたよ」

「みんなって……集まる機会でもあったのか？」

こっちに帰ってきてから、元同級生に会うのは初めてだった。俺が函館にいなかった間も同窓会なんてやっていたのだろうか。そう思ったが、熊谷の回答は予想とは違っていた。

「SNSで繋がってるんだよ。高校の時の同学年で、まあそう言っても百人いるかどうかだけど」

「百人⁉　十分多く聞こえる……」

「そうでもないって。で、今でも函館にいる何人かが『播上がこっち戻って店やってるらしい』って話してさ。帰ってきてるなら会いたいなって思ってたところだったんだよ」

そこまで一息に話すと熊谷は細い目を一層細め、俺の肩をぱしぱし叩く。

「だから今日、会えてよかったよ。久し振り！」

およそ十年ぶりになる再会だというのに、その口調は学生時代とちっとも変わらない。

お蔭で俺も素直に笑い返すことができた。

「ああ、久し振り」

その後、熊谷と少し話をした。

といってもスーパーの店内だったし、真琴を待たせても悪いのでほんの数分だけだ。熊谷の方も仕事の最中らしく、また改めて話そうという約束もした。

「熊谷は仕事、何してるんだ？」

「主にワイン売ってる。酒造メーカーの営業やっててさ」

高校卒業後、仙台《せんだい》の大学に進んだことまでは知っている。その後は向こうで何年か就職した後、故郷が恋しくなって函館に戻ってきたそうだ。SNSで同窓生と繋がるようになったのもその頃からで、函館在住の面々とはたまに会ったりしているらしい。

「播上の店でも酒出すだろ？　何かあったらよろしくな」

そう言って熊谷は社名入りの名刺をくれた。俺もお返しをしたかったが前の会社ならともかく、今の仕事に名刺は作ってない。

だがそこで真琴がうちのショップカードを取り出して、熊谷に渡してくれた。

「こちら、うちの店のカードです。よかったらどうぞ」

「ああ、ありがとうございます！　『小料理屋　はたがみ』……湯の川のご実家か」

「うん。今は夫婦で、そこで働いてる」

ショップカードから面《おもて》を上げた熊谷は、俺と真琴をしげしげ見比べる。その後で愉快そうに目を光らせた。

「奥さん、しっかり者だし可愛い人じゃないか。どこで知り合った？　こっちの人？」

「いや、前の会社で知り合って、恵庭出身なんだけど……」

真琴について話題が及ぶと急にたどたどしい話し方になってしまう。まごつく俺に噴き出した熊谷が、次いで真琴にこう言った。

「播上、いい奴でしょ？　昔からこうなんですよ」

すると真琴も、にっこりしながら応じた。

「はい。いい人ですし、すごく優しい夫です」

「……だって。いいねえ幸せそうで」

からかい半分、本気で羨ましがっているようにも見える熊谷は、目下独身生活を満喫中だそうだ。

「今度うちの店に来てくれよ。母さんたちも喜ぶだろうし」

俺が誘うと、眼鏡の奥の目を細めて苦笑する。

「ありがたいけど俺、下戸《げこ》なんだよ。ご飯だけでいいなら」

「下戸!?　なのに酒メーカーで営業してるのか？」

「面接の時、『一切飲めないけどやる気はあります！』って言ったら通っちゃってさ」

そんな小話みたいな出来事が本当にあるものなのか。俺と真琴は揃って笑い、ついでにランチタイムのお弁当販売の話をしておいた。もちろん夕方の開店時にご飯だけ食べに来てくれてもいいのだが、営業で湯の川界隈に来ることがあれば昼飯にでも

——そう告げたら、熊谷も嬉しそうにしてくれる。

「近くに行く時は是非寄らせてもらうよ。播上の料理、食べさせてもらうのも久々だな」

そう言って手を振る熊谷は、すっかり懐かしい高校時代の顔をしていた。もしかしたら俺も同じだったかもしれない。


期せずして旧交を温めることもできた買い物の後、俺たちは昼食を取ってから店へ出勤した。

するとその間に、熊谷がうちの店にも来てくれていたらしい。

「これ、正ちゃんと真琴さんに結婚祝いだって」

顔を出すなり、母さんが差し出してきたのはワインの瓶が入った箱だった。赤と白が一本ずつ、道南の酒造メーカーが売り出している評判のいいやつで、もちろん地場産ブドウを使用している。

「えっ、すごい！　美味しそう……！」

真琴が歓声を上げる中、ラベルを検《あらた》めながら俺はちょっとうろたえてしまった。あとでお礼の電話を——いや、それだけでは足りないな。今度店でワインが必要になったら、真っ先に熊谷に頼むことにしよう。

「熊谷くん、全然変わってなかったわね。高校時代のまんまでびっくりしちゃった！」

母さんは大はしゃぎだったが、俺はあいつが眼鏡を掛けるまで全くわからなかった。確かに目元はそのままだったが、髪型は明らかに違っていたし、雰囲気もずいぶん大人っぽくなっていた気がする。

そう考えると、熊谷が見かけてすぐに俺だとわかったのはすごいことではないだろうか。

「十年ぶりだったし、俺はすぐには気づけなかったよ。熊谷はちゃんとわかってたらしいけど」

スーパーで会った時の経緯《けいい》を話したら、母さんはしたり顔を見せる。

「でしょうね。正ちゃんなんて十年前から全然変わってないもの」

「さすがにそれはないだろ」

俺は抗議したが、そこで真琴がはっとしたように言い出した。

「そういえば播上、入社してから今まで顔違わないかも」

「違わなくないよ！　多分……」

「いや結構あの頃のままだよ」

言い張る真琴の横で、母さんも頷いている。

「ほら、真琴さんも言ってるじゃない。客観的意見でそうなんだから」

「けど十年変わらないってことはないよ、普通」

「じゃあ確かめてみましょうよ」

なぜか母さんは張り切ってみせたかと思うと、店の奥に一旦引っ込んだ。そして一分くらい後に戻ってきたその手には、俺の母校の名前が印字された卒業アルバムがあった。卒業式という晴れがましい日に拒否権なく手渡される、思い出と青さと黒歴史が詰まった重量物だ。安いものではないから捨ててしまうのも気が引けるし、かといって度々開くほど肝《きも》が据わってもいないので実家の物置にしまい込んでおくと、ある日こんなふうに不意打ちを食らうことになる。

「出してこなくていいって言ったのに……」

前にちゃんと止めたはずだったのに。震え上がる俺を全く意に介さず、母さんはその革表紙を真琴に見せた。

「真琴さんはまだ見たことなかったでしょう？　正《まさ》ちゃんの高校時代の写真」

「あ、見たいです！　全然見せてもらえてなくて」

「恥ずかしがり屋さんだからねえ、正ちゃん。でもほら、今と変わらないでしょ？」

「本当ですね！　わあ、今と同じ顔で制服着てる！」

開店前の店のカウンターに二人は並んで腰掛け、アルバムを眺めている。妙に楽しそうに俺の写真を観察しているから、俺としては非常に居心地が悪い。ちらっと盗み見たページはまさに俺がかつていたクラスの集合写真で、最後列の右から二番目に当時の俺がいるはずだった。

「えー、すごい新鮮！　播上って学ラン着てたんだ」

真琴が嬉々として俺の方を振り返る。俺はわざと目を逸らして応じた。

「着てたよ。似合わなかったけど」

「正ちゃんは昔からなんていうか、大人っぽい顔してたものねえ」

母さんは遠回しに言ってくれたが、要は老け顔ということなんだろう。だからといって十年顔が変わっていないということもないはずだが。

「あ、この人が熊谷さん？　へえ……」

集合写真の下に書かれた名前一覧から、真琴は熊谷の位置を特定したようだ。後に続いた声は少し意外そうだった。

「確かに、熊谷さんの方は結構違ってるかも。播上がぱっと見で気づかなかったのも納得」

そうだろう。当時の熊谷はセンター分けでもなく、前髪長めのマッシュヘアで童顔だった。クラスでは優等生で通っており、特にテスト前などは俺を含む友人たちから頼りにされる存在だった。

「でも雰囲気はそのままじゃない？　お母さんはすぐわかったけどな」

母さんは尚《なお》も言い募り、ふふっと思い出し笑いをしてみせる。

「面白い子だったわよね、熊谷くん。じゃんけんでは負けたことないんだって言ってて、実際すごく強かったのよね」

「じゃんけんで？　そんなことあるんですか？」

真琴が目を瞬かせた。

しかし実際、熊谷は強かった。例えばクラス内で誰もやりたがらない委員を決める時、掃除当番で遠くまでゴミ箱を持っていく係を決める時、あるいは中学の給食の時間、欠席者が出て余ったパンやおかずを取り合う時、熊谷がじゃんけんで負けたのを見たことはない。その不敗の帝王ぶりに俺は幾度となく尋ねた。じゃんけんに勝つ秘訣なんてあるのか、と。

熊谷の答えはこうだった。

『じゃんけんは精神の勝負だ。勝つって気持ちがあれば勝てる。逆にちょっとでも負けるかもって思った瞬間、負けが取りついてくる。自分の運を疑わずに勝負するんだ、播上』

ちょっと格好つけすぎじゃないかと思う物言いだったが、常勝という事実に裏打ちされていると本当っぽく聞こえる気もする。

「勝つって気持ちがあれば勝てる……本当かなあ」

俺の思い出話を聞いた真琴は半信半疑の様子で、それでも拳を振り上げる。

「じゃあ播上、勝負しよ。じゃーんけん――」

「ぽん」

ぱーを出した俺の前で真琴は可愛いぐーを出し、即座に項垂《うなだ》れた。

「気持ちが足りなかったかなあ。ちょっと疑ってたからかも」

まあ、俺だって熊谷の言うことを百パーセント信じていたわけではない。ただ強かったのは事実だ。

「正ちゃんも一度も勝ててないって言ってたわよね」

「ああ、なんでかわからないけど」

「中学の時、すごく悔しそうにしてたから理由聞いたら『給食のイカ飯を取り合って負けた』って……いいところまで勝ち抜いて、最後は熊谷くんとの一騎打ちだったって話してたわね」

母さんもよくそんな細かい話覚えてるよな。呆れる俺を見て真琴はくすくす笑う。

「播上もそういうの参加する子だったんだ。意外！」

「給食のイカ飯好きだったんだよ、美味しくて」

うちの味つけに近い、もち米とうるち米を混ぜたもっちりしたイカ飯は、育ち盛りの俺にとって魅力的なおかずだった。俺だってプリンや揚げパンみたいなライバルの多いメニューなら立候補したりしない。ただイカ飯は譲れなかった。なのに、熊谷には勝てなかった。

「熊谷くん、今はお酒屋さんで働いてるのね」

「そうだって。下戸らしいけど、正直にそう言ったら受かったたって言ってた」

「あら、勝負強さは相変わらずね」

母さんがおかしそうに笑う。その通りだと、俺も思う。

そんな熊谷との最後の思い出は、高校卒業後、進学のために仙台に向かうあいつを函館空港まで見送った日のことだ。数日後には俺も札幌へ行くことになっていて、口にはしなかったが『しばらくは会えないかもな』と漠然と思っていた。それでもお互い湿っぽいのは苦手だったから、手を振ってあっさり別れた覚えがある。

そして予感だけは当たって、今日までずっと会うこともなかった。

函館は水産、農産物、そして観光資源に恵まれた街だが、人口自体は少ないせいか進学先はあまりない。うちの高校から大学に進んだ奴はほぼ全員が地元を離れていたし、俺だってそうだ。お蔭で地元の友人たちともふっつり縁が切れたと思っていたが――今時はSNSで繋がって、ネット上で旧交を温めたり、噂をしたりということもあるのか。俺はそういうものに疎いから知らなかったが、しかしそのお蔭で熊谷と再会できた。

しみじみと感傷に耽っていれば、

「真琴さん、こっちには小学校の時のアルバムもあるのよ。見るでしょ？」

「えー、いいんですか！　是非見たいです！」

「この頃の正ちゃんは可愛かったのよ。ほら、手書きの作文も載っててね。『将来の夢』ってタイトルで――」

母さんと真琴の会話が不穏な方に流れていたので、慌てて割って入らざるを得なかった。

「いやそれは勘弁してもらっていい？　この際写真はいくら見てもいいから！」

その交換条件は不承不承ながらも受け入れられ、二人は思い出の写真だけを眺めることにしてくれたようだ。それでも真琴は大喜びで時々歓声を上げていたし、母さんがいちいち解説を加えるのでいたたまれなくてしようがない。

すると遅れて出てきた父さんが、見かねたように手招きした。

「正信。仕込みを手伝ってくれ」

「ああ、うん」

助かったと思いながらカウンターの中に入れば、父さんはうっすら笑って声を潜める。

「心配するな。俺も昔は『顔が変わらない』と言われたもんだ」

「父さんも？」

ごま塩頭に皺の刻まれた顔、母さんからは『俳優さんみたいに渋い』と絶賛されている父さんをまじまじと見返せば、まるで慰めるように言われた。

「利点もあるぞ。お客さんからすぐ顔を覚えてもらえるし、歳を取っても老けたと言われない。元からだからな」

「利点……かなあ」

前者はともかく、後者はどうなんだ。

ただ実家にある写真に写っている父さんは、俺が生まれた頃から白髪と皺が増えた程度で大きく変わっていない。もしかすると俺もこのまま歳だけ取っていくのかもしれなかった。

奇しくもその日の仕込みは、イカ飯作りから始まった。

新鮮なスルメイカの皮を剝き、足を引っ張ってワタごと抜き取り、透明な骨も抜いてからよくしごいて洗う。そして空っぽになった胴にもち米とうるち米を半々に混ぜたものを詰め込む。米は炊けたら膨らむから、ここではみっちり入れない。うちの店は更に、みじん切りにしたゲソも入れる。こうすることでご飯にもイカの風味が染み込み、一層美味しくなるからだ。

程々に詰めたら爪楊枝《つまようじ》で閉じ、そのまま鍋に並べる。そしてひたひたの水に醤油、みりん、酒などを加えてじっくり煮込む。掛かる時間は大体三十分から四十分くらい、店の中にはすっかりいい匂いが満ち満ちて、作りながらお腹が空いてくるのが困りものだ。

「少し多めに作ったから、まかないにするといい」

俺が物欲しそうにでもしていたのか、父さんが笑いながら言ってくれた。

それからカウンター越しに、まだ卒アルを見ていた真琴にも声を掛ける。

「真琴さんも。こっち来てからイカ飯は食べたことあったっけ」

父さんが真琴の名前を呼ぶ声は未だに若干ぎこちない。血は争えないということだろうか。

ともあれ真琴はぱっと顔を輝かせた。

「わあ、嬉しいです！　実は食べたことなかったんです」

「よかった。こっちだと割とありふれたおかずでね」

「ですよね、給食で出されるというくらいですし」

頷いた彼女が、そこで少し驚いたような口調になる。

「私からするとイカ飯って駅弁にもなってて、すごく高級な料理ってイメージでした」

確かに森《もり》駅の駅弁は全国的にも有名だ。だがイカ飯自体はこの辺りでも非常にポピュラーかつ庶民的なメニューだった。元々は戦後の食糧難を乗り切るため、少しのお米でも一杯食べられるようにと考案されたという話だ。今ではスーパーへ行けば安価なレトルトも買えるし、イカが安い時期は作って食べるご家庭も多いだろう。

「出来立てだと柔らかさが増してすごく美味しいよ」

俺はお皿に二人分のイカ飯を盛りつけ、真琴を連れて店の奥にある休憩室へと向かった。

そこは休憩室と呼ばれてはいるが、大きな飲食店にあるような立派なものでもないし、むしろただの小さな部屋だ。店と母屋を繋ぐ通路にもなっているため、広めの上がり框《かまち》があり、その上に休憩用のテーブルや座布団が置いてある。三和土《たたき》にはロッカーと手洗い場が設置してあり、店に出る前の着替えはここでする。店に繋がる扉は古い木の引き戸で、からからと小気味よい音の中を潜ると不思議と気が引き締まるものだった。

今は休憩中なので気はゆるめていてもいい。俺と真琴は差し向かいに座り、まかないのイカ飯を一緒に食べた。まだ湯気の立つイカ飯は容易に箸が入れられるほど柔らかく、中に詰まった米もふっくら炊き上がっている。肉厚なイカの身はもちろん、米にもよく味が染みていて、細かく刻んだゲソのコリコリした食感も美味い。

真琴の分は上品に、きれいな輪切りにしておいた。その一切れを口に含んだ真琴が、たちまち感嘆の息を漏らす。

「わあ……これは美味しいね」

「口に合った？」

「すごく！　名物になる理由がわかるよ」

彼女の箸は止まらず、一切れ、また一切れと吸い込まれるみたいに食べ続け、一杯分のイカ飯を瞬く間に平らげた。

「イカの身が分厚くてすごく食べ応えあるし、お米に味が本当によく染みてる。もち米入りなのがまたいいよね、このもっちり感がイカの柔らかさに合うっていうか……」

食レポしながらもう一杯もあっさり食べてしまったので、俺の分を分けてあげることにする。彼女も一度は遠慮するそぶりを見せたが、最終的には受け取り、美味しそうに食べてくれた。

「どうしよ、あればあるだけ食べちゃいそう……その分今日はたくさん働かないと！」

そんなふうに言ってもらえると食べさせ甲斐があるというものだ。俺が幸せな気分で見守っていると、真琴は不意に声を上げる。

「ね、次のお弁当、イカ飯でよくない？」

急な提案に俺は驚いたが、彼女は目を輝かせて続けた。

「こんなに美味しいんだもん、絶対お客様にだって売れると思う！　やっぱり函館に来たらイカを食べないとだよ！」

「いや、それはそうだけど……」

真琴が気に入ってくれたのは嬉しいし、イカ飯が美味しいのも事実だ。だがお弁当となると難しい問題がある。

「さっき自分で言ってただろ、駅弁として既にあるって。目新しさとなるとちょっとな」

森駅の駅弁は既存の商品、と呼ぶにはあまりにも全国的に有名過ぎた。もちろんうちの店の商品だって引けを取らない味だと自負しているが、店自慢のイカ飯として売り出したところで、函館の飲食店の数だけあるイカ飯群に埋もれてしまうのが関の山だろう。

「じゃあ、却下《きやつか》？」

俺の反応を見た真琴は、なんだか寂しそうに赤い唇を尖らせた。

そんな顔をされると、申し訳なさといとおしさがいっぺんに込み上げてくる。俺としてもイカを使うと決めていたのではあるし、お弁当の題材としてイカ飯がふさわしくないはずがないとも思うのだが。

「却下じゃないけど……例えば、どこかで差別化を図るとかしないとな」

「差別化かあ。味つけとか？」

「まあ、そうだな。それもオンリーワンくらいのイカ飯にしないと」

他では食べられない、うちでしかまず出さないような——よくある醤油ベースではない味つけとなると何があるだろう。俺が考え込む真向かいで、真琴もまた腕組みをしている。

「うーん……」

そうして彼女の目が宙をさ迷った後、何かに留まった。

追った視線の先にあったのは熊谷が贈ってくれたワインの瓶だ。後で持って帰ろうと休憩室に置いておいたそれを見て、真琴が呟く。

「イタリアンイカ飯、とかどう？」

その発想は全くなかった。

実はイタリア料理にもイカ飯とよく似たものがある。

カラマリ・リピエニという名前のそのメニューは、やはりイカのワタと足を取り除いた胴に刻んだゲソとアンチョビ、パン粉と粉チーズ、ニンニクやオリーブオイルなどを加え混ぜたものを詰めるそうだ。空っぽになったイカの胴に何か美味しいものを詰めたくなる気持ちは万国共通なのかもしれない。

今回はそれを参考に、イタリアン風変わりイカ飯を作ることにする。

改めて購入してきたマイカを、まずは基本に忠実に皮を剝ぎ、ワタと足を抜き、胴体を洗ってきれいにしておく。米は冷めても柔らかく食べられるよう、やはりうるち米ともち米の半々にした。洗ってザルに上げておいた米をみじん切りにした玉ネギ、そしてゲソと一緒にバターで炒め、油をよく馴染ませておく。炒め終えたら胴体に詰め、口を閉じ、白ワイン仕立てのコンソメスープでじっくりと煮込む。

ちなみに、熊谷から貰ったワインはとてもじゃないがもったいなくて使えなかった。

でもお礼の電話をしたら、

『美味しいらしいから飲んで、感想を聞かせてくれ。俺は味を見れないからな』

と言われたので、近いうちに飲んでみようと思う。何かいいことがあった日にでも。

さて、イカ飯には別添えでトマトソースも添えることにした。やはりイタリアンにトマトは欠かせない。荒くみじん切りしたトマトをブイヨンと合わせて煮込んだソースは、イカ飯にかけて味変してもよし、もちろん他のおかずのをディップしてもよし。トマトソースに合うように、おかず類も小さなライスコロッケやイタリア風オムレツ、ズッキーニとパプリカのグリルなどを選んだ。

「私、トマトソースって大好き。なんにでも合うもんね」

お弁当を作り終え、ケースに詰めながら真琴が言った。今日もお互い猫の手柄のエプロンを着ていて、隣り合うと猫同士が握手するような距離になる。

　店の厨房と比べれば、お弁当の試作をする家のキッチンはどうしても狭い。厨房で父さんと料理をする時は肩がぶつかる心配もなければ、すれ違えなくてお互い譲り合うこともなかった。だが真琴と二人で料理をするなら、このくらいの狭さの方がちょうどいい。

「それにしても、イタリアンイカ飯なんて思いつかなかったよ」

　俺が言うと、真琴はちょっとまごついたようだ。

「今更だけど、郷土料理にそういうアレンジって大丈夫かな。冒涜《ぼうとく》にならない？」

「なるわけないよ。ただ、俺たちには醤油味のイカ飯が当たり前すぎたってだけだ」

　考えてみればイカとイタリアンも相性としては最高なのに、そしてカラマリ・リピエニというメニューも存在しているのに、俺にはイカ飯弁当といえばいつものイカ飯しか想像することができなかった。郷土料理だからこそ、基本に忠実にという考えに凝り固まっていたのかもしれない。古い固定概念を破壊するのはいつだって外から吹く新しい風だ——イカ飯一つにちょっと大げさな物言いかもしれないが、真琴がいなければこのお弁当は出来なかった。

　店に出すものなので、きちんと冷ましてから試食をする。イカ飯が冷めて硬くなってしまったら売り物には出せないからだ。

だが期待通り、イタリアンイカ飯も冷めてもちゃんと柔らかく、そして美味しくできていた。

「美味しい！」

真琴も大喜びでイカ飯を食べてくれている。

「ご飯にイカの旨味とスープ、それにバターの風味が染み込んでて、これも何杯でも食べられそうだよ！　トマトソースもすごく合うし、添えて正解だったね！」

「真琴のアイディアが活きたな」

俺はその点を強調しておいた。

イタリアンは幅広い世代に好まれる味だし、今回は癖のない味つけにしたのでお子様の口にも合うだろう。もうじき始まる夏休み中の食卓にも並べてもらえたら嬉しいものだ。

あとは——熊谷にも食べてもらえたらいいな、と思っている。

父さんたちの監修も得た上で売り出したイタリアンイカ飯は、俺たちが期待していたのとは違う形で注目されることになった。

何せうちは小料理屋、普段のお品書きはイタリアンとは全く違う和風一辺倒だ。そんな店で発売したのがこのイカ飯ということで、驚きと意外性をもって受け止められたらしい。

「播上さん家のイタリアンならぜひ食べてみないと！」

そう言って買いに来てくれるお得意様が多かったのも、俺たちにとって予想外だった。

もっともどういう経緯でも売り上げは売り上げ、話題になったならありがたいことだし、新しい挑戦もしてみるものだと思う。

「俺なら思いつけないメニューだからな。つくづく真琴さんのお蔭だ」

父さんもそう言ってくれたので、俺も真琴も大いに喜んだ。

もちろん観光客受けもよく、本格的に到来した夏の観光シーズンは目が回るほどの忙しさになった。涼しい北海道へ避暑にやって来た人たちが、まとまった休みで函館を見て歩きたいという人たちが、この辺りにもやって来てお弁当を買っていく。七月、八月の平均最高気温は二十五、六度程度と概《おおむ》ね平年並みで、外でご飯を食べるにもちょうどいいシーズンだった。

ちなみにイタリアンは予想通り、お子様受けもよかったようだ。

「健斗が気に入っちゃって。家で作ってってねだられるから、また買いに来ちゃったんだ」

夏休み中、健斗くんを連れた佐津紀さんも何度か買いに来てくれた。また何人かに紹介もしてくれたようで、わざわざ買いに来てくれる親子連れもちらほら見え、俺たちは内心手を合わせている。

そして、熊谷も店にやって来た。

「この辺駐車場なかったんだな、知らなかったよ」

八月に入ってすぐの、気温の高い日のことだ。汗を拭き拭き現れた熊谷はいくらか歩いてきたようで、店の前の日陰で弁当を売る俺と真琴を見て気遣わしげに笑った。

「そっちも大変だな、こんな暑い日に」

今日は来た時から眼鏡を掛けていて、白いポロシャツにノータイ、スラックスというクールビズファッションだ。仕事中に立ち寄ってくれたらしいとわかった。

「風があるからいくらかマシだよ」

俺は答えたが、隣にいる真琴の方がむしろ平然としている。前年度まで札幌にいた彼女にとって、三十度行くか行かないかの気温は大したものでもないらしい。むしろ心地よさそうに潮風に吹かれていた。

「先日はワインをありがとうございました」

折り目正しく頭を下げる真琴に、熊谷は面食らった様子ではにかんだ。

「どういたしまして。飲んでみた？」

「今度のお休みの前日に飲もうって話してたんです」

真琴が俺の方を見たので、頷いて語を継ぐ。

「美味しいって話だから、飲みすぎてもいいようにな」

「それがいいな」

納得した様子で熊谷が笑った。

俺はそんな熊谷に、イカ飯弁当を差し出す。

「熊谷、これ食べてくれないか。お代はもちろん要らない」

「えっ、いやそれは悪い。払うって」

「いいんだ。この間のお礼、にしちゃ安すぎるけどな」

「あれは結婚祝いだよ。お礼なんて、俺が結婚する時でいいのに」

こちらの申し出に熊谷はうろたえていたが、

「それに、この弁当ができたのは熊谷のお蔭でもあるからな」

「俺の？　なんで？」

この『変わりイカ飯弁当』を思いついたきっかけが熊谷のワインだったことを告げると、照れた様子ながらもお弁当を受け取ってくれた。

「俺のお蔭ってほどでもなくね？　まあ、そこまで言うなら」

そして尚も照れ笑いのまま、こう付け加える。

「楽しみにいただくよ。播上の作ったものならきっと美味しいだろうし」

かつて、熊谷にも料理を食べさせたことがあった。

うちは店をやっているから、放課後に家に帰っても誰もいないのが常だ。だから腹を空かせた友達が遊びに来たら、俺が何か作る。パスタとか、焼きラーメンとか、ホットケーキとか――すぐ作れてお腹一杯になる炭水化物が当時のおやつだった。熊谷も美味い美味いと喜んで食べてくれたっけ。

そんな学生時代を思い返していたら、ちょうど熊谷も懐かしく思っていたようだ。あの頃と同じ、目がなくなる笑顔で言った。

「また会えてよかったよ、播上」

「ああ。熊谷も、元気そうでよかった」

俺は頷き、せっかくなのでこの機会に尋ねておく。

「お前、まだじゃんけん強いのか?」

そう問うまで、熊谷はそのことを忘れていたのかもしれない。大人になってしまえばじゃんけん勝負なんてそうそうする機会もないだろう。しかしきょとんとした顔はすぐに得意げに塗り替えられ、熊谷は拳を振り上げる。

「播上にならら勝てる気がするな。久々に勝負するか?」

「いいよ」

俺も拳を掲げたのを、真琴がすごく楽しそうに見つめてきた。

「最初はぐー、じゃんけん――」

「ぽん」

ぱーを出した俺の前で、熊谷は、ちょきを出している。

「すご……！　やっぱり強いんだ！」

真琴が声を上げると、そこで熊谷は苦笑を見せた。

「違う違う。播上にはじゃんけんの時、癖があるんだ。『最初はぐー』で始めたら、絶対に連続でぐーを出さない」

思わぬ指摘に、俺は言葉に詰まる。

気づかなかったのかと言いたげに、奴は続けた。

「ちなみにお前の初手がちょきとぱーの比率、およそ三対七くらいな。だから勝ちやすい相手だったよ」

「……知らなかった」

ぐうの音《ね》も出ない。そういえば熊谷は成績のいい優等生だった。じゃんけんに強かったのも頭と記憶力がいいから、だったのだろう。からくりがわかってしまうと呆気ないような、逆に感心してしまうような。

熊谷がお弁当を提げて帰っていった後、真琴が俺に言った。

「播上のじゃんけん攻略法、聞いちゃったなあ」

「さすがに今後は気をつけるよ」

そうは言ったものの、うっかり忘れた隙を突かれたら普通に負けそうな気がする。しばらく真琴とじゃんけんはしないでおこう。


八月の半ば、旧盆が終わってすぐの頃、湯の川では花火大会が催される。

松倉川《まつくらがわ》の河口辺りから打ち上げられる花火は温泉街一帯を明るく照らし、夏の終わりを華やかに締めくくってくれた。海や川の岸辺まで見に行けば、夜空に広がる大輪の光がそのまま水面に映り込むのも見ることができる。函館にもいくつか花火大会はあるが、俺はやっぱり湯の川のが一番好きだ。

この日は店も休みで、俺は真琴と一緒に花火を見ようと思っていた。どうせなら海岸まで行こうと誘ったところ、彼女は意外にもかぶりを振る。

「家のバルコニーから見ない？」

「そんなんでいいのか？」

思わず、逆に聞き返した。

確かに俺たちの部屋のバルコニーからでも、空に上がる花火は見えるはずだった。だがせっかくの花火大会、どうせなら海の傍で見た方がきれいだし、印象深いと思う。

「でも外は混み合うし、落ち着かなくない？　家の方が周りを気にせずゆっくり見れるよ」

「そりゃ混むだろうけど……」

花火大会がなくたって、この時期の夜の湯の川温泉は宿泊客で賑わっていた。店を開ければひっきりなしにお客様がやって来るし、少し外を歩けば浴衣姿の、北海道弁ではない人たちをいくらでも目にすることができる。北海道の短い夏は書き入れ時だ。

真琴が人混み嫌いだとは知らなかった。怪訝《けげん》に思う俺に、彼女はちょっと困ったような顔をしてからぼそりと呟く。

「単に、二人きりで見たいってだけなんだけど……」

それは盲点だった。

いつまで経ってもそういう気配りができない俺も俺だが、真琴は責めることもなく、恥ずかしそうに続ける。

「ほら、まだ飲んでないワインもあるし、ね?」

そういうことならと俺は花火大会当日、ワインに合うおつまみを用意して臨んだ。ミニトマトとモッツァレラと大葉をピックで留めたカプレーゼ、アボカドとサーモンを柚子胡椒《ゆずこしょう》で合えたブルスケッタ、そしてカラマリ・リピエニも。全部バスケットに詰めてお弁当にして、ピクニックシートを敷いたバルコニーに座り込む。ワイングラスだけはちゃんとしたやつを持ち出して、熊谷がくれた白ワインを注ぎ合った。

「かんぱーい」

真琴がグラスを掲げてみせる。

「乾杯」

俺もそれに倣《なら》い、互いのグラスを軽く当てた。ちりん、と控えめな音を聞いてからワインを一口飲んでみる。キンキンに冷やしておいたワインはさっぱりした辛口で、葡萄らしい酸味と爽やかさが後味よく感じられた。飲めない熊谷からは風味の情報がなく、ラベルだけを見てつまみを用意したのだが、これならよく合いそうだ。

「ほんのり葡萄の味がする。口当たりがいいね」

真琴も口元をほころばせている。その表情を、打ち上げられた花火が赤や緑、青、白、ピンクなどに次々と染め上げていった。

俺たちの住むアパートは湯の川の住宅街にあり、温泉街よりも海から離れている。だから花火の音は響いても海辺で見るほどの臨場感はなかったし、二階からでは周囲の家々に遮られて夜空の全景を捉えるというわけにもいかない。だが代わりに花火に照らされる湯の川の街並みを見ることができた。見慣れた温泉ホテルの外壁が花火の色に瞬くのも遠目に窺えて、夏も終わりだとふと思う。

温泉街と比べるとこの辺りは出歩く人も少なく静かなものだが、時々どこかから歓声も聞こえた。涼しい夜だから、きっと窓を開けているのだろう。

「イタリアンのイカ飯もすごく美味しいね、お酒が進む味してる」

「飯、は入ってないけどな。イタリアの人もイカの胴体に何か詰めたいと思ったんだな」

「ぷっくりしてて、詰め甲斐ありそうだもんね」

俺たちもなるべく声を潜めて、ワインとおつまみで夜のピクニックを楽しんだ。口当たりがいいので飲み過ぎないように気をつけつつ、もちろん花火も眺めつつ。

「播上は花火大会とかよく見に行く派？」

グラスを傾ける真琴が、ふと尋ねてきた。

ブルスケッタを食べる手を止め、答える。

「そうでもないな。湯の川の花火大会は近場だから見に行くってだけだよ」

「へえ、子供の頃に行ったりとかもした？」

「高校生までは友達と通ってた。この花火大会が夏の締めくくりだと思ってたからな」

ちょうど函館では夏休みが終わる時期だ。最後の思い出にと、友人たちと見に行ったことも何度となくあった。

「友達って、熊谷さん？」

「ああ。あいつと二人だったこともあったし、他にも何人かいたこともあった」

俺はもちろん、熊谷も女の子に縁がある方ではなかった——今はどうか知らないが。

花火大会に誘う相手が他にいなかった同士、よく一緒に出かけていた。

高三の夏休みは、あいつと二人だけで花火を見た。他の友人は彼女ができたり、男同士での花火を面倒くさがったり、受験生らしく切羽詰まっていたりで誘えなかったからだ。だからといって俺たちは僻んだり焦ったりすることもなく、マイペースに花火を楽しんでいた。

そうして花火が途切れたある瞬間、熊谷が不意にこう言った。

『播上、俺、世界見てくるわ』

なんの話かと思って聞き返せば、単に海を渡った仙台の大学を志望するという告白だった。お前の言う世界って本州かよ、と突っ込んだ記憶があるし、それで熊谷がげらげら笑っていた覚えもある。

『お前はどうすんの？　志望校、もう絞り込んであるんだろ？』

続いてそんなことを聞かれて、俺は正直に答えた。第一志望は札幌の大学だと言うと、次に花火が止《や》むまで熊谷は黙った。そして、静かになってから口を開いた。

『じゃあお互い、函館を離れることになるんだな』

寂しくなるとか、悲しいとか、そういう言葉は出てこなかった。ただその時、漠然と思った。

こんな友達が、この先、故郷以外の場所でもできるだろうか。

「……できた？」

真琴が尋ねてきたから、俺は正直に答える。

「大学ではできなかった。ちょっと話すくらいの顔見知りとか、授業が一緒で挨拶する相手とかはいたけど、基本一人で過ごしてたな」

ひとりぼっちが嫌だという性質ではないから、大学生活が辛かったかといえばそうでもない。ただ熊谷みたいな気安く付き合える相手とはどうしても出会うことができなかった。彼女はできたものの、すぐ振られた――まあそれは真琴に話すべきことでもないので黙っておく。

「でも、就職してから友達ができた。真琴と、渋澤と。それは幸運だったと思うよ」

「私、友達枠？」

「最初はそうだっただろ」

なぜか不満そうにしている真琴に反論すると、彼女は肩を揺すって笑った。

「ごめん、言ってみただけ。確かにそうだったよね」

故郷を離れていた俺の九年間はそんな感じだ。悪いことばかりではなかったし、トータルで見れば大いに実りある時間だった。

熊谷にとってはどうだったのだろう。世界を見てきたあいつが函館に戻ってきた理由はわからない。俺と同じようなことがあったのかもしれないし、全く違う経緯で戻ると決めたのかもしれない。でもなんにせよここでまた会えたことが嬉しいし、昔と変わらない気安さで話せることも嬉しかった。

「友達って、長い間離れててもまた会えば普通に話せるもんなんだな」

「いいね、そういう友達」

しみじみ語る俺に、真琴も優しく笑いかけてくれる。

それから彼女は少しだけ眉を顰めた。

「私の故郷の友達……就職してから全然連絡してないなあ。次帰ったら会いに行ってみようかな」

「そうするといい。帰りたい時はいつでも帰っていいから」

結婚してからもうじき四ヶ月になる。海を渡るわけでもない距離なんだから、いつでも帰省していい。俺はそう思っているが、真琴の答えはいつも同じだ。

「暇ができたらね。私、そんなに故郷恋しいみたいなのないし」

「けど、たった一人でこっちに来て気疲れだってするだろ」

「してるように見える？」

真琴が俺の顔を覗き込んでくる。

上目遣いのその眼差しは、酔いのせいかうるうると揺れていた。時折上がる花火の眩い光が照らし出すのは、いつもの愛らしさとは少し違う彼女の表情だ。

花火よりもきれいだ、と思う。

思ったことを口に出すべきかどうか、いつも悩んでしまう。

「心配しなくても、甘えたい時は甘えてるから」

黙り込んだ俺をどう捉えたか、真琴がピクニックシートの上でにじり寄るように距離を詰めてきた。そのまま俺の肩に頭を載せてくる。もたれかかられて触れる身体がじわりと熱く感じるのも、やっぱりワインを飲んだからだろう。

「私も、播上に会えてよかったって思ってるよ。美味しいものを食べさせてもらえて、一緒に笑い合えて、時々こうやって寄りかからせてもらって、播上の傍にいられたらそれでいいんだから」

彼女はそう言ってから少しだけ笑った。

「私の実家帰る時も、一緒に帰ろ。ビール工場行きたいでしょ?」

「……ああ、そうだな」

俺が頷くと、真琴はもう一度笑い声を立てる。熱っぽい身体が楽器みたいに震えるのがわかった。

「実家には私の卒アルもあるよ。制服着てる私、見たくない?」

「それはすごく見たい」

「だよね。楽しみにしててよ」

花火が上がる。

海の際に建ち並ぶ温泉街と、電車道路を挟んで広がる住宅街を色とりどりの光に染め上げて、夏の終わりを彩ってくれる。

今度は俺が顔を覗き込むと、真琴は不思議そうにゆっくり瞬きをした。

「どうかした？」

「いや。……花火よりきれいだな、と思って」

全然すらっとは言えなかった俺に対し、彼女はくすぐったそうな顔をする。剝き出しの丸い耳が少し赤い。

それから、照れ隠しみたいに肘で俺の脇腹を突いてきた。

「播上、酔ってるでしょ」

そうかもしれない――でも、嘘でもないんだけどな。

次こそは、照れずに言えるようになりたいものだ。

3、マグロカツと二種のソース弁当

夏の終わり頃から吹き始めた秋風は、日を追うごとに目に見えて涼しくなっていく。

北海道の秋は短い。もしかすると夏より短いかもしれない。函館は海辺の街だけあり、最高気温が二十度台を保っていられるのもせいぜい九月のうちだけだ。それを過ぎれば滑り落ちるように寒くなり、気がつけば灯油ストーブの出番になる。朝晩の冷え込みは九月のうちから厳しく、ぼちぼち夏掛けを片づけることになりそうだった。

「でも私、秋って好きだな」

仕事の帰り道、真琴《まこと》は夜風に身を震わせながらもそんなことを言う。

店から俺たちが住むアパートまで歩く間、彼女はパーカーを羽織るようになった。先日の休みには『天気がいいから衣替えを済ませてしまおう』と提案され、俺も何枚か夏物のシャツを片づけている。あと二ヶ月もすればセーターやらコートやら、はたまた手袋やらを引っ張り出す羽目になるのだろう。短い秋を楽しめるのも今のうちだけだ。

「夏より断然過ごしやすいし、食べ物だって美味しいし。どことなく空気まで美味しいような気がしない？」

その言葉を聞いた俺は胸一杯に吸い込んでみた。すっかり冷えた夜の空気は、微かに乾いた木の葉の心地よい匂いがする。

「確かに、一年で一番いい時期だよな」

「ね。星空だってきれいだし」

二人で見上げた夜空は澄み切っていて、隅々まで散りばめられた星を余さず眺めることができた。あまり高い建物がない街だからだろう。九月初めの新月の空は、月の光がない分、星だけが震えるように光っている。

「函館来て地味にびっくりしたのは、星がきれいだってことかな」

真琴が思い出したように呟いた。

「札幌中心部だと夜でも明るくて、全然星見えないじゃない。仕事帰りとかに空見上げて、星ないなあって思うことよくあったよ」

「あの辺りは都会過ぎるからな」

俺たちの前の勤め先は大通《おおどおり》にあったから、星が見えないのも致し方ない。二百万人近くが暮らす札幌市は夜でも煌々《こうこう》と明るくて、月や星の光をかき消すほどに眩かった。ただ冬場には、敷き詰められた雪が街明かりを跳ね返して赤々と燃えるような空を見ることができ、それはそれで夕映えのようできれいだと思う。

札幌に比べれば函館は人もいないし静かなものだ。特に差し障りもなく星空を眺めることができた。

「秋の星座ってよくわかんないな。どれで四辺形作るんだっけ」

「俺もよく知らない。確か、ペガサス座？」

「多分そうだった気が……お互いうろ覚えとか面白いね」

星のことは全くわからなかったが、真琴が楽しそうに笑っていたので、よしとしておく。

午後十時過ぎの電車道路にはまだ市電が走っていた。街灯の光の下を走り抜けていく駒場《こまば》車庫行きの電車は乗客の姿もまばらだ。ぼちぼち終電の時刻だった。

道路沿いに植えられている街路樹はまだ青々としている。でももう少しすれば紅葉したり、葉が落ちたりするのだろうし、更に季節が進めばイルミネーションが点される予定だ。一時もよそ見ができないほど、目まぐるしく移り変わっていくのが北海道の秋だった。

「そっか、紅葉の時期かあ」

真琴がついた溜息はまだ白くなかった。

「渋澤《しぶさわ》が言ってたけど、本州の紅葉って十一月以降らしい」

「遅くない？　もう冬になっちゃうじゃん」

「たまに十二月のこともあるって聞いたよ。向こうは秋が長いんだろうな」

「こっちなんて来月にはもう紅葉してるのにね」

本州よりも紅葉が早いのも、短い秋の特徴の一つだろう。函館でも十月に入る頃には街路樹が色づき始めて、程なくして見頃を迎えるようになる。

俺たちは家路を辿りながら、行楽の秋めいた話をした。

「この辺りで紅葉を見るなら、どこがお薦め？」

「そうだな……前に行った五稜郭公園もいいけど、元町周辺も眺めがいいよ」

異国情緒漂う街並みには不思議と秋がよく似合う。あの辺りは山が近いからきれいに紅葉するというのもあるし、ついでに観光もできてちょうどいいはずだ。市内なら見晴《みはらし》公園や、ちょっと遠出をして七飯《ななえ》の大沼《おおぬま》公園まで行くのもいいのだが、それぞれ方角がまるで違うのでハシゴはできない。

そこまで考えて、ふと気づく。

「そういえば、まだ西部地区は案内したことなかったな」

函館といえば真っ先に連想される地域でありながら、俺は真琴をあの辺りに連れていったことがなかった。和洋折衷の古い住居群や歴史と伝統ある教会、赤レンガの倉庫群などがある西部地区はどうしても観光客向けスポットという印象があり、地元民はあまり足を運ばない——それを言うなら湯の川温泉だって似たようなものか。ともかく、俺からすると学校行事などで散々行った『今更』な場所なので、よほどのことがない限りは行こうとも考えない。

だが真琴は函館市民になって半年にも満たないニューカマーだ。

「行きたい！　意外と私、函館の定番観光地に行ってなくて」

予想通り、彼女は機嫌よく頷いてみせる。

「よくテレビで映る辺り、直接見たいと思ってたんだよね。播上《はたがみ》は西部地区詳しい？」

「ああ。遠足、写生大会、オリエンテーリングの定番スポットなんだよ」

函館市民は義務教育期間に西部地区の歩き方を学ぶので、当然ながら詳しい。俺にとっては『今更』な場所でも、真琴の目にはきっと新鮮で素晴らしい景色として映るはずだ。港町ならではの、異国文化が古い街並みと調和している景観をぜひ見せておきたいと思う。

「じゃあ、紅葉の頃に行こう」

「やった！　楽しみにしてるね」

真琴が俺の腕にぎゅっとしがみついてきた。人目を気にしなくていい夜道は自然と距離も近くなる。まだちょっと、照れるものの。

観光都市の呼び名は伊達《だて》ではなく、函館は年間を通して観光客が途切れない街だ。

だがオフシーズンが存在しないわけでもない。九月の大型連休を過ぎた頃からは徐々に少なくなっていくし、冬場は観光地を歩く人も夏ほどではなくなる。もちろん北海道らしい冬の寒さを味わいたいという人もいなくはないようだが、そういう人はウインタースポーツができる雪深い地域を選びがちだ。

小料理屋としてこの時期は九月の連休に客を呼び込みつつ、観光客向けから地元民向けのメニューにシフトしていく頃合いでもある。美味しい食べ物が多い実りの秋だが、この時期の目玉はなんといっても秋鮭、そしてイクラだ。スーパーや鮮魚店に生の筋子《すじこ》が並び始めたら、イクラ醤油漬けを作る時期が来る。

「鮭イクラ弁当。ベタかな」

店の厨房でぬるま湯を使い、イクラをほぐしながら俺は切り出した。もうそろそろ、次の季節の弁当を考えるタイミングでもあった。

カウンターの拭き掃除をしていた真琴が、面を上げてにっこり微笑む。

「やっぱ秋は鮭だよね。最近流行《はや》りの、イクラ盛り放題とかにする？」

「盛り放題？　弁当に、どうやって？」

「お会計したその場でご飯の上に、好きなだけ盛ってもらうとか！」

真琴はジェスチャーつきで説明してくれたが、ホテルのビュッフェならともかく店売りのお弁当でそれは難しい。蓋が閉まらないほど盛られたら、持ち運ぶ時に零れてしまうだろう。

ランチタイムのお弁当販売は相変わらず需要が高く、季節が変わる度に新しいメニューを考えるのが既定路線になりつつあった。お客さんたちには『秋のお弁当も楽しみにしてるね』と声を掛けてもらったし、父さんも『また作るんだろう?』と当たり前のように尋ねてきて、嬉しいやら気が引き締まるやらだ。

夏に売り出したイカ飯弁当は評判もよく、地元のタウン誌に取り上げられたこともあって売り上げは大きく伸びた。やはり小料理屋でイタリアンというギャップが受けたようだ。だが同じ手を二度使うのは芸がないし、次は何にしようか、真琴と二人でアイディアを出しあっているところだった。

「そもそも焼き鮭って地味過ぎないかな」

「鮭は塩して焼くだけで美味しいのがいいんじゃない?」

「そうだけど、もうちょっと創意工夫があってもいい気がしてさ」

「じゃあ西京焼《さいきょうや》きとか? あるいは糀焼《こうじや》きとかでも——」

まだ開店前の店内であぁでもないこうでもないと話し合っていると、入口の戸ががらりと開く。姿を見せたのは熊谷《くまがい》だった。

「ごめんくださーい」

そう言って店内を覗いた熊谷が、少しだけほっとしたような笑顔を見せる。

「ワインの配達に伺いました。……いてくれてよかったよ、播上」

最近、うちの店でもワインを置くようになった。夏の間に売り出したイタリアンイカ飯の影響か、店内でもイタリアンおつまみを所望されるお客様がちらほら増えてきたからだ。といってもうちの店で出すのは本格的ではない、よくいって『創作和風イタリアン』みたいなものなのだが、幸いにして評判もよく、それに伴いワインの注文も増えつつある。

そこで熊谷に頼んでワインの仕入れを増やすことにした。奴も気軽に相談に乗ってくれて、うちの店に合いそうなワインを見繕って配達までしてくれたのだが、前回来た時は俺も真琴も、あいにく母さんまで留守にしていて、父さんが対応したらしい。後から電話で笑いながら報告された。

『お前のお父さん相変わらず渋いよなあ。びしっと立ってるから、話すだけで緊張するよ』

うちの父さんも客商売が長いから、決して愛想が悪いわけではない。だが軽妙なお喋りをする性質でもないから、父さんだけと会って話すのは確かに緊張もするだろう。俺は少し熊谷に同情した。

幸い、今日の今時分に店にいるのは俺と真琴だけだ。そのせいか熊谷は朗らかにワインを引き渡してきた。俺は手が離せなかったので真琴に受け取ってもらう。

「はい、お届けの品。播上のお蔭で売り上げが伸びて助かるよ」

こちらとしても結婚祝いのお礼があるし、貢献できているなら幸いだ。熊谷チョイスのワインは料理に合う味わいのものばかりで、店での評判も確かにいい。

「こちらこそ、いいものを仕入れられてありがたいよ」

カウンター越しに感謝を述べると、熊谷は眼鏡の奥でにっと笑った。

それからはたと気づいたように、鞄から何かを取り出す。

「あと、そうだ。できたらでいいんだけど、これをお前の店でも置いてくれないか」

写真がプリントされた小さな紙束と、丸められたポスターのようだ。やはり真琴が受け取って、すぐに目を瞬かせる。

「『連続ドラマ　ボランティアエキストラ募集！　函館市ロケのお知らせ』……ふうん」

「来月から函館でドラマの撮影をやるんだってさ」

熊谷はまるで我が事のように身を乗り出して語った。

「監督と主演俳優だけ発表になってるんだけど、主演、誰だと思う？」

「え？　有名な人とか？」

「聞いて驚け――荒砂律弥《あらすなりつや》だって！」

口にされた名前に俺は覚えがなかったが、真琴がおっと驚いた顔になる。

「へえ！　それはすごいかも」

「だよな！　播上、なんでぴんとこない顔してるんだよ。奥さんはちゃんとびっくりしてるぞ」

「いや、ごめん。全然明るくなくて……」

芸能界にはめっぽう疎い。正直に肩を竦めれば、熊谷はたちまち苦笑を浮かべた。

「なんだよ、未だに大河ドラマしか見てないのか？」

「見てないですね」

俺より早く、真琴が答える。

元々日本史が好きなのもあり、俺は大河ドラマだけは好んでよく見ていた。その他のジャンルが嫌いだというわけでは決してないのだが、恋愛物はなんだか恥ずかしくなってしまって直視できないし、サスペンスやホラーは人間関係でギスギスしがちなのであまり見たくない。かといって人情ものになると多分泣いてしまうだろうという気がするのでやはり見ないようにしている。というわけで俺が見るのは大河だけだ。

それ自体は別に珍しいことでもないはずだった。もっとも、『若者らしくない』とはよく言われる。

「昔から若者らしくないよなあ」

同い年の熊谷はそう嘆いてみせた後、懇切丁寧に教えてくれた。

「最近売り出し中の人気俳優だよ。夏の夜ドラマにも出ててさ、演技もいいけど顔がまあいいんだよ。ちょっとベビーフェイスっていうの？　愛されるダメな男の役をやらせたら最高に似合うんだ」

「へえ……」

「この間のドラマでも、ヒロインの元カレ役がすごくハマってたんだよ」

　真琴が話を引き継いで語る。

「この元カレっていうのが本当にダメな人でね、結局真犯人に利用されて破滅しちゃうんだけど、荒砂律弥が演じてたから最後まで憎めない感じに仕上がってたんだよ」

　ちなみに彼女は俺と違って、サスペンスやミステリー系のドラマが好きだ。犯人や事件の真相を予想しながら見るのが楽しいらしい。俺としても彼女が見る分にはちっとも気にならないし、見終えた後で興奮気味に感想を語る真琴を見ているのは楽しかった。

「ほら、この人だよ。整った顔してるだろ」

　熊谷がスマホで荒砂律弥を検索し、俺に見せてくれる。画面に映し出された宣材写真は丸顔で中性的、ぱっちりした目の青年だ。整ったベビーフェイスというのがまさに正しい。

「そんな人気急上昇中の俳優の初主演ドラマがここ函館を舞台に撮られるって話で、商工会も全面バックアップすることになったんだよ」

「それで熊谷がチラシ配り歩いてるのか」

イクラのほぐし作業から手を離せない俺は、奴のスマホもエキストラ募集のチラシもカウンター越しに見させてもらっていた。お湯につけて白くなったイクラから薄皮を全て剝がし終えた頃、語り終えた熊谷も満足そうな顔をする。

「ああ。エキストラ募集なんてしたら応募が殺到すること間違いなしだろうけど、こういうのは宣伝も兼ねてるからな。都合悪くなければ置いてくれよ、ポスターもできれば」

地元を舞台にしたドラマの宣伝なんて都合が悪いはずがない。これで観光客が増えればうちの店としてもありがたいし、そうでなくても撮影スタッフは函館のホテルや飲食店を利用するだろう。俺は喜んで熊谷からチラシとポスターを預かり、店で掲示することにした。

「エキストラ募集、お前もどう？　真琴さんと一緒に」

帰り際の熊谷の問いかけには、やんわり遠慮しておいたが。

「エキストラをやっても店の宣伝になるわけじゃないからな」

「店の制服で行けばいい。わかる人にはわかる」

「わかる人にしかわからなかったら宣伝にならないだろ……」

そもそもテレビに出る自分を見たいとは断じて思わない。俺と同じように、真琴も出演自体は乗り気ではないようだ。

「私もドラマは見る方がいいです」

「そっか。ま、エキストラも倍率高そうだしな」

そう話す熊谷も自分で応募するつもりはないらしい。ドラマ自体は楽しみだったが、エキストラなんて俺たちには縁遠い出来事でしかなかった。


ただ、ポスターを掲示したことに対するお客様の反応はすごかった。

例えば佐津紀《さつき》さんだ。彼女は掲示した次の日の晩に健斗《けんと》くんと旦那さん、そしてご両親と一緒にうちの店でご飯を食べに来たのだが、ポスターを見るなり大興奮で語り出した。

「荒砂律弥が函館来るの？　いいなあ、エキストラやりたい！」

人気急上昇中という話はあながち大げさでもないようだ。店の戸に貼りつけたポスターを見て足を止める人、スマホで写真を撮っていく人もちらほら見かけていて、関心の高さが窺えた。

もちろん佐津紀さんもチラシを持って帰ると言い、健斗くんにもそれを見せている。

「健斗もテレビ出たくない？　パパと三人で応募しようよ！」

その時健斗くんは昨日漬けたイクラの醤油漬けでご飯を頬張っていて、ぱちぱち瞬きをするばかりだった。いい食べっぷりを見せてくれているから、味は気に入ってくれたようだ。

「ママが楽しそうだから、挑戦してみるのもいいかな」

佐津紀さんの旦那さんが健斗くんの口元を拭いてあげている。小上がり席のテーブルの片側に、夫婦で健斗くんを挟んで見守るように座っていた。差し向かいに座る佐津紀さんのご両親が、とろけるような表情でお孫さんの食事を眺めている。

「美味しい? そう、ご飯美味しいの。よかったねえ……」

「お刺身も食べる? 戸井《とい》のマグロ、ほっぺが落ちるほど美味しいんだよ」

絵に描いたような、幸せそのものみたいな一家の姿は、確かにエキストラとして最適かもしれない。少なくとも見ている方は優しい気持ちになる。

俺も以前まではよその家族連れを見ても、幸せそうだなと思う程度だった。しかし結婚してからは、俺たちもいつか子供を持つのだろうかと想像してしまうことがある。

「真琴さんは応募しないの?」

それはさておき、エキストラについて佐津紀さんは相当本気のようだ。配膳に来た真琴にもそう尋ねている。

「あいにく、私はドラマは見たい派で……」

真琴はと言えば、熊谷に聞かれた時と同じ反応を示した。

「自分が映ってるかもって思ったら、集中できなくなっちゃいそうなんですよね」

「あー、それもちょっとわかる」

佐津紀さんは頷き、ちらりとカウンター内にいる俺を見る。

「正信《まさのぶ》くんは……出たがるわけないか」

「ないですね」

やはり斎藤《さいとう》家の皆さんは俺のことをよくわかっているようだ。健斗くん以外の全員が少しだけ笑った。

そもそもドラマのエキストラなんて、『テレビに出てもいい』という気持ちがなければやりたいとも思わないだろう。そうでなくとも今回の募集は完全ボランティアで交通費すら出ないという話だ。町おこしへの熱い気持ちでもなければ、あるいは荒砂律弥の大ファンでもなければさすがに応募までは踏み切れないだろう。

そんなことを考えながら皿を洗っていた俺の耳に、

「実は私、もう応募したの。一度やってみたくてね」

うちの母さんの、意外な発言が飛び込んできた。

「ええ⁉」

思わず声が出た俺を、母さんは平然とたしなめてくる。

「正《まさ》ちゃん、お客様の前で大きな声出さないの」

開店直後で、斎藤さんご一家しかいなかったのは幸いだった。慌てて俺は頭を下げる。

「す、すみません。けど応募って……」

「いいじゃない。六十歳未満までならオーケーって書いてあったんだから」

いや年齢の話じゃなくて。

呆気に取られる俺を置き去りにして、佐津紀さんが母さんに話しかけた。

「女将《おかみ》さん、もう申し込んだんですか？」

「そうなの、昨日のうちにね。だって見てみたいじゃない、ドラマの撮影」

昨日といえば熊谷がポスターとチラシを持ってきたその日ではないか。確かに人目を引いているなとは思っていたが、こんな身近に出たがる人間がいるとは思ってもみなかった。しかももう応募済みだなんて。

ちらりと父さんに視線を向ける。顔色一つ変えず、マグロの柵から刺身を作る父さんに動揺の色は窺えない。刺身包丁を黙々と動かしているそぶりからして、恐らく既に知っていたのだろう。

視界の隅で真琴が、笑いを堪えるみたいな顔でこっちを見た。

「女将さんが出るなら心強いですね。私も出ちゃおうかな」

「出ましょうよ、健斗くんたちも一緒に。こんな機会めったにないんだから」

母さんと佐津紀さんは一層盛り上がり、最早斎藤さん家までこの場で応募しかねない勢いだ。

「この間のドラマでもよかったわよねえ、荒砂律弥。まあエキストラだからそんな間近で見られるってこともないんでしょうけどね。でも老い先短い身だもの、いい思い出はいっぱい作っておきたいじゃない？　ほら、冥土《めいど》の土産って言うの？」

「やだ、女将さんってば。まだまだお若いでしょ！」

楽しそうにはしゃぐ姿にはとても口を挟めず、ただ俺は声を潜めて父さんに尋ねる。

「……父さんはいいの？」

父さんの答えは簡潔だった。

「止められると思うか？」

思わない。

母さんと二十九年の付き合いになる俺がそう思うのだから、父さんの確信はより深いものだろう。

それから数日間、母さんは一人そわそわしていた。

「エキストラの連絡、まだかしらねえ」

チラシによれば、エキストラの申し込みは氏名、年齢、性別、それに希望日時などを記載の上でインターネットから申し込み、折り返しの合否を待つことになるらしい。老若男女をなるべく均等に集めたいということで、偏《かたよ》りがあれば撥《は》ねられてしまう可能性ももちろんあるそうだ。

「こんなにそわそわしたの、正ちゃんの大学の合格発表以来かもね」

母さんはなどと笑っていたが、当時はむしろ父さんの方が落ち着きをなくしていて、母さんはどっしり構えていたような記憶がある。逆だと思われがちだが、何か予想外のことが起きると意外と平然としているのがうちの母さんという人だ。

そんな母さんがここまで浮ついているのだから、エキストラに出るのがよほど楽しみなのだろう。

「お義母さんがドラマに出るなら探しちゃうね、きっと」

真琴もどこかわくわくしている様子だった。

俺も知っている人が出るなら探してみたいという気持ちはなくもないし、実際に放映されればなんだかんだで見るだろう。ただあのよく喋る母さんが悪目立ちしないか、撮影スタッフの皆さんに余計な苦労を掛けたりしないかが心配ではある。

「母さん、もし採用されても自然にしててね。変に目立とうとかしないように」

俺が釘を差そうとすると、母さんはむしろ呆れた様子で肩を竦めた。

「正ちゃんったら、お母さんがそんなに目立ちたがり屋さんだと思ってる？」

「……違ったっけ？」

「見てなさい、まるで違和感のない自然な演技で景色に溶け込んでみせるから」

もう採用が決まったみたいに誇らしげにしている。

まあ、落ちてがっかりしている姿を見るよりは合格してくれた方がいいか。そう思うと俺も母さんのがうつったみたいにそわそわして、連絡を心待ちにするようになっていた。

そんな折だ。

店に、一本の電話が掛かってきた。

「はい、『小料理屋　はたがみ』でございます」

開店時間より少し早いくらいの時分だった。父さんは厨房で仕込みを続けており、母さんと真琴は店の前の掃除をしている。手が空いていたのは俺だけで、取った受話器の向こうからは若い男性の声がした。

『あ、わたくし株式会社ラクーンの榎並《えなみ》と申します。テレビ番組等の制作を行っております』

話し方に訛りはなく、北海道の人ではないなと直感で思った。どことなく、こういう問い合わせに慣れているような話し方にも感じられる。

でも制作会社って――まさか、例のドラマの件だろうか。エキストラの合否はメールで来ると聞いていたが、何か不備があって電話をくださったのかもしれない。母さんもうっかりしているところがあるし、間違えて自宅ではなく店の電話番号を書いてしまった可能性もある。なんにせよ待ちに待った連絡があったならいいことだ。母さんもきっと喜ぶだろう。

俺がそこまで考えた時、電話の向こうの榎並さんが続けた。

『そちらでお弁当の販売をなさっていると伺いまして、ロケ中のケータリングの注文をできないかとお電話した次第でございます』

「お弁当……あっ、はい」

予期していたものと違い拍子抜けしたのも一瞬だけだ。仕事の電話ならそれはそれで大変ありがたいことだし、俄然張り切って応対する。

「まとまった数のご注文でもお受けできますし、メニューなどのご相談も可能となっております。また配達にも対応しておりますので」

『あっ、そうなんですね。ちょっと先の日時になるのですが、予約をお願いしてもよろしいでしょうか』

ケータリングの注文もごくまれにではあるがなくはない。ただ榎並さんが続けたのは少し変わった注文だった。注文日は来月で、その日の前後一週間に函館で少し大掛かりなロケの仕事があるらしい。その中の一日だけ、うちの店にケータリングを頼みたいそうだ。毎日違う店からお弁当を頼み、演者さんやスタッフに飽きさせないようにするための配慮、というようなことを言っていた。

『メニューに関しては、アレルギー表記だけしていただければ特段の注文はございません。北海道は食べ物が美味しいですし、そちらのお店のお弁当が美味しいという評判も伺っておりますし……』

別にプレッシャーを掛けてきたわけではないだろうが、そんなことも言われた。

『ただメニューが決まりましたら、一度ご連絡をいただけますと幸いです。他店との被りをなるべく防ぐため、勝手ながら調整させていただく場合がございますので』

「かしこまりました」

ちょっと難しい注文だな。他にどこの店が請け負ったかもわからないが、メニューが被らないように配慮はしないといけない。俺は丁寧に注文内容のメモを取り、電話を切った。

そして受話器を置いてからふと思う。

来月、函館で大掛かりなロケというと――もしかしなくても、例のドラマのことではないだろうか。

「正信、仕出しの注文か？」

電話を終えた俺に、父さんが声を掛けてくる。

俺は振り返り、正直に答えた。

「……もしかしたら、すごい注文を受けちゃったかもしれない」

「どういうことだ」

当たり前だが、父さんには訝《いぶか》しげな顔をされてしまった。

先程受けた電話について、俺は父さんと母さん、それに真琴へ打ち明けた。

「それってあのドラマのロケじゃない⁉」

真琴は大層驚いた様子で目を丸くしている。

「だって函館で一週間ロケって、一回限りの特番とかのサイズじゃないし！　絶対そうだよ！」

「すごいじゃない！　エキストラに選ばれるのと同じくらい光栄よ！」

母さんも歓声を上げ、そのまま真琴と手を取り合ってきゃあきゃあ飛び跳ね始めた。

二人なら絶対喜ぶだろうなとは思っていたが、予想以上の歓喜ぶりだった。

「タウン誌に載った効果があったのかもな」

対して父さんはいつもの通り冷静だったが、それでも口元には笑みを浮かべている。

「注文内容からして、評判のよさそうな店に片っ端から電話をしているんだろう。そこでうちの店が滑り込めたってことは、どこかでうちの評判を耳にしたに違いない」

「俺もそう思うよ」

ただ飲食店に総当たりしているわけではないはずだった。現に制作会社の榎並さんが、お弁当の評判を聞いたから、と言っていたのを聞いている。俺たちの春夏の仕事が実を結んだということかもしれない。

ずっと続けてきたお弁当作りを仕事に活かせていることも嬉しいし、こうして評価されることも嬉しかった。

「だが、注文としては少し難しいな」

父さんが白髪交じりの眉を顰める。

「他店とメニューの被りがないように、だろ。他にどこの店が注文受けたか、情報が欲しいところだがな……」

「なければないで仕方ないよ。うちの店らしいお弁当を作る」

俺がそう応じると、即座に聞き返された。

「できるか？」

「……できる、と思う」

春に作った越冬野菜の肉巻き弁当も、夏に作ったイタリアンイカ飯弁当も、うちの店ならではのメニューとなった。奇抜なアイディアや発想力があるわけではないが、それでもうちの店らしく、そして函館らしいお弁当を作ることはできるだろう。

俺一人ではなく、真琴がいてくれるから。

「今回も頼りにしてるよ、真琴」

まだ飛び跳ねている彼女に言葉を掛けると、目を瞬かせた表情が返ってきた。

「私、いつも大したことしてないけど……」

「そんなことない。お弁当が形になっているのは、いつも真琴のアイディアのお蔭だ」

「そ、そっかな。そうだと嬉しいけど」

頬に手を当てて笑う真琴に、母さんも微笑んでいる。

「真琴さんの仕事ぶりも本当に頼りになるもの。これからも二人で力を合わせれば、乗り越えられないことなんてないでしょ」

父さんは何も言わなかったが、二度深く頷いてみせた。

それで真琴は俺の方を見る。俺が笑い返すと、表情を和らげるように微笑んだ。

「頑張ろうね、播上！」

「ああ！」

俺たち二人でなら、きっといいお弁当ができる。

ちなみに現在うちの店では、秋の弁当として『鮭のはさみ揚げ弁当』を売り出した折だった。

やはり秋といえば鮭が美味しい季節だ。店でもイクラの醤油漬けと並んで、鮭のハラス焼きが飛ぶように出ていく頃でもある。脂が乗っていて美味しく、身も柔らかい秋の味覚の代表格だ。そんな鮭でチーズやナス、長芋などを挟んで衣をつけてからりと揚げてみた。自家製タルタルソースも添えたこのお弁当は、評判もよくまずまずの出足だったのだが――。

「やっぱり、鮭は被る気がするんだよね」

真琴が物憂げに語った意見に、俺も正直賛成だった。

「この時期一番美味いものだもんな」

「実際よく見るしね、焼き鮭弁当」

今回、俺たちは珍しく他店へのリサーチ活動を行っている。と言ってもよその店でお弁当を見てきたり、実際に買って食べてみたりという程度のことだが。

湯の川周辺の飲食店で売られているお弁当を購入し、今は家で食べているところだ。いつもは店のまかないも含めて食事は自分で作っているし、たまに真琴が作ってくれるご飯を食べる程度なので、よその店のお弁当を食べる機会は実に貴重だった。

そして食べてみた結果、やはりこの時期は鮭メインのおかずが多い。脂の乗った焼き鮭のカマやたっぷりのイクラを一緒に盛り合わせた海鮮丼、ご飯が進む濃い味のちゃんちゃん焼き、ムニエルや照り焼きなども定番だろう。俺も自分用にお弁当を作っていた頃、弁当箱にどんと焼き鮭を入れるだけで様《さま》になるなと何度も思ったことがある。お弁当のセンターを飾るにふさわしい見映えと味のよさが備わった食材だ。

鮭以外だと他には秋野菜を使った天ぷらやカレーなどがよく売られていた。うちの店でも当初はサーモンフライにしたくらいだし、揚げ物はお弁当のおかずとして純粋に人気があるメニューだ。カレーは一度にたくさん作れるので販売するのに向いている。だが人気があるとか向いているとかいうのは裏を返せば、他店と被る可能性もあるということだ。

「よそと一切被らないのはまず無理だと思う」

いくつかお弁当を食べてみた後、俺は素直に打ち明けた。

真琴も納得した様子で顎を引く。

「私もそう思う。オリジナリティーを出す部分を絞って考えた方がいいかもね」

「オリジナリティーか……食材と調理法、どちらで出すかだな」

秋ならではの食材、鮭を使ってよそにはないメニューを出すか。鮭を諦め、代わりの食材で他店と被らないようなメニューを作るか。その二択しかないだろう。仮に後者なら、鮭にも負けないほどメインを張れる食材を見つけなければいけない。

「わ。播上、これ見て」

ふと真琴が、自分の食べていた秋野菜の天ぷら弁当を指差した。

黄金色の衣をまとった、平べったく丸い天ぷらはうっすら緑が見えている。この大きさはピーマンの輪切りか、あるいはズッキーニだろうかと推測したが、彼女の答えは違っていた。

「ゴーヤーの天ぷらだって！　中につくねが入ってて美味しかったよ。一つ食べる？」

「いいのか？　ありがとう」

嬉しい申し出に、一つ貰って食べてみる。

微かに苦みを残した、しゃきっとしたゴーヤーの中に柔らかいつくねが詰められていて、食べ応えのある天ぷらに仕上がっていた。北海道のスーパーでも普通に売られているゴーヤーだが、俺は食べ方を知らなくて、まだゴーヤーチャンプルーしか作ったことがない。なるほど、こうやって食べても美味しいものなのか。

「ゴーヤーを天ぷらにする発想がなかったよね」

「ああ。いろんな食べ方があるもんだな」

俺が感心していれば、真琴は何か思いついたようだ。すぐに口を開いた。

「じゃあさ、うちでもちょっとびっくりするような食材をフライにして出すのはどう？」

「その、『ちょっとびっくりするような食材』って？」

「普段はこんなの絶対揚げない、みたいな……ほら、火を通したら、がらっと食感が変わるけど美味しいものって結構あるじゃない」

話しながら、彼女は具体的なアイディアをひらめけないかと躍起になっているようだ。眉を顰めた難しげな顔で考え込みつつ、たどたどしく語を継ぐ。

「えっと……例えばなんだけど、うちのお母さんがお夕飯刺身の日の次の日、余ったマグロの刺身をソテーにして、お弁当に入れてくれたんだよね。ショウガ醤油で、ちょっとだけ甘めの」

聞くだけで美味しそうな献立だ。彼女のお母さんも料理上手な人なので、さぞかしいい一品となったことだろう。

真琴も味を思い出したのか、どこかうっとりした顔を見せた。

「それがなんか美味しくて、覚えてるんだ」

「マグロのソテーか……」

同時に俺の脳裏にも浮かび上がるものがあった。

マグロといえば、この時期は戸井町のマグロが有名だ。ブランド品として名高い戸井のマグロは夏に津軽海峡へやってきたイカをたっぷり食べているせいで味がとてもいいらしい。加えて漁船上で血抜きなどの下処理をするため、鮮度が落ちないまま市場へ出回るという利点がある。要は、とても美味しい。

そんなマグロを、カツにするのはどうだろうか。

新鮮な素材は揚げたって美味しい。刺身で食べても美味しい素材をカツにするというのもなかなか贅沢だし、印象的なメニューになるはずだ。

やはり道外からやって来る人たちには、函館でしか食べられないものを味わってもらいたい。みんなが浮き足立つような楽しい話を持ってきてもらったのだから、尚更だ。

「真琴のお蔭で、メニューが決まりそうだよ」

「本当？　え、まさかソテーにするの？」

「いや、カツにする」

そうと決まれば早速試作だ。他にどんなおかずを合わせるかも考えなくては。

マグロは刺身用のものを使用する。

柵のまま揚げるとジューシーなレアカツを作ることも可能だ。だがお弁当として売り出すものにレアは少々管理が難しい。なので今回はしっかり火を通しつつ、パサつかず柔らかいカツを目指すことにする。

マグロの身に軽く塩を振り、少しの間放っておく。こうすることで臭みが抜けるからだ。しばらくしたら水分が浮き上がってくるので、キッチンペーパーで丁寧に拭き取る。そして改めて塩コショウをしたのち、食べやすい大きさに切る。包丁を押しては駄目で、筋に対して直角に、引き切りにするのは刺身と同じだ。

「このままでも十分美味しそう……」

例によって試作は自宅キッチンで行っていた。当然真琴も見に来てくれて、俺がマグロを切り分ける間、羨ましそうな声を漏らしている。

でも心配は要らない。ここからもっと美味しいものを作る。

カツの衣は基本通りだ。小麦粉を薄く、しかしまんべんなくまぶす。そして一旦余分な粉を叩き落としてから、よく溶いた卵にくぐらせる。溶き卵は手間でもザルで濾《こ》しておく方が仕上がりがいい。そして最後にパン粉をつけて、軽く押さえたらあとは揚げるだけだ。

揚げ油の温度は百七十度くらい。菜箸《さいばし》を入れたらぶくぶくと泡立つ頃合いが揚げ時だ。揚げ時間は長すぎないよう、衣がキツネ色になる程度まで。元々食べやすく切ってあるので火の通りは早い。

「キツネ色って美味しいものの色だよね」

次々と揚げられていくマグロカツを眺めながら、真琴がしみじみと唸る。

確かに美味しいものはキツネ色と評されることが多い。カツやフライもザンギも、そういえば焼きたてパンだってキツネ色だ。今日のマグロカツも、ちょうどキタキツネの毛皮みたいないい色に仕上がった。

「……揚げたては柔らかいな」

一口味見をする。揚げたばかりのマグロカツはしっとりしていてジューシーだ。しかし時間を置いてから食べることを考え、添えるソースにも一工夫が必要だろう。

「あふ、はふい」

同じく揚げたてを口に入れた真琴が、熱さではふはふ言っていた。それでもどうにか飲み込んで、満面の笑みを浮かべる。

「美味しい！　これ、何で食べるのがお薦め？」

「普通にソースでもタルタルでもいいんだけど……せっかくだし、別の食べ方も用意しておこう」

お弁当に添えるソースは二種類。さっぱりと食べられるレモンジュレと、秋野菜を柔らかく煮込んだラタトゥイユに決めた。どちらも瑞々しいのでマグロカツをより引き立ててくれるはずだし、万が一時間を置きすぎてパサついていても美味しく食べられる。

「お弁当にジュレソースっていいね、零れないし」

「ああ。液体はどうしても相性が悪いからな」

その点ジュレは多少の揺れでも零れ出たりはしないし、おかずに絡めて食べやすいという利点もあった。お弁当にはまさにぴったりだ。

「うちのお弁当を、荒砂律弥が食べるかもしれないわけか……」

ラタトゥイユのためにナス、トマト、カボチャなどをじっくり煮込んでいる間、真琴がわくわくした様子で呟く。

「光栄なことだよな」

俺はそう応じた。

個人的には未だによく知らない芸能人なのだが、真琴や熊谷、母さんたちの騒ぎようから人気があることは伝わってくる。そんな人に食べてもらえるのなら嬉しいし、美味しいと思ってもらえたら言うことなしだ。

「お弁当の感想、貰えたりしないよね」

「まあ、無理だろうな。接点もないし」

お弁当はロケの日に現地へ配達することになっている。引き渡す相手は当然ながらラクーンの榎並さんであり、荒砂律弥に会うチャンスなどあるはずもない。

「でも美味しかったらそう言ってもらいたいじゃない。ましてや播上が作ったこのマグロカツは絶対美味しいに決まってるんだし」

真琴はそう言い切ってくれた後、なんだか子供みたいに頬をふくらませた。

「逆に無反応だったら、たとえ芸能人でもちょっとえーって思うかも」

「ロケ弁にいちいち反応くれる芸能人はいい人過ぎるだろ」

だから俺も全然期待してはいない。

いないのだが、もし奇跡的に荒砂律弥がうちのお弁当を美味しいと言ってくれたりしたら、好きになっちゃうかもしれないな。

例年よりも騒がしい十月が、函館にやってきた。

さすがにうちの店への恩恵はロケ弁の注文くらいのものだったが、撮影スタッフに加えて報道陣もロケの模様を取材に来ていたそうで、撮影現場となった西部地区あたりはなかなかの賑わいになっているらしい。荒砂律弥を追いかけてきたファンもいたという話だ。

「この間、駅前で若い女の子のグループに道聞かれてさ」

ワインを配達に来た熊谷が、嬉しそうに教えてくれた。

「なんか聞いたことある訛りだから『どこから来たんですか?』って尋ねたら案の定、仙台でさ。荒砂律弥の撮影見に、はるばる来たんだって」

「仙台からか、すごいな」

どうやら熱狂的なファンまで獲得しているようだ。人気俳優がもたらす経済効果を人づてにながら実感している。

弁当の配達には俺が車を出すことになっていた。ロケ地付近である十字街《じゅうじがい》や末広町《すえひろ》は観光客が多い分、車道への飛び出しに気をつけなくてはならない。観光地巡りの移動に使われる函館市電の電停は車道の中央にあるため、ちょくちょく信号無視をしてしまう事例がある。なので電停の配置を知っている人間が運転した方がいいだろう、という判断だった。

「私もだいぶ道覚えたんだけどね」

見送りに出てくれた真琴が、残念そうに笑ってみせる。

「あの辺は配達行ったことないし、わからないもんなあ……今日は播上にお任せしちゃうね」

「見たいならついてきてもいいよ」

俺は助手席を指差した。お弁当は後部座席に積んでいるからもう一人なら全然乗れる。ロケ自体が見られるわけではもちろんないが、雰囲気くらい味わってくることはできるかもしれない。それでなくても滅多にないことなんだし。

だが彼女はちょっとだけ迷うそぶりをみせたものの、首を横に振る。

「店に残ってお弁当販売しないとだし。二人で空けるわけにはいかないよ」

マグロカツと二種のソース弁当は既に店頭販売を開始していた。鮭フライよりも珍しいのが効いたのか、あるいは『数量限定』と銘打っているのが功を奏してか、お蔭様で売れ行き好調だ。今日も若干数ではあるが店売りの分を用意してある。

でも真琴も、本当はロケを見に行きたかったんじゃないだろうか。

「けど――」

俺は尚も食い下がろうとする。

だがそれを遮るように、屈託のない笑顔で続けた。

「それに、播上から話聞く方がきっと楽しいよ。お土産話、期待してるね！」

だったらいいお土産話を持ち帰りたいところだ。俺は張り切って車を発進させる。

十月の平日、秋晴れの空の下の函館市内はいつもと変わりない景色に見えた。車の通りはさして多くなく、時折真横を市電が金属音をかき鳴らしながら通り過ぎていく。多少混み合う函館駅前を左折して、ロケ地がある十字街方面へと向かった。

十字街はかつて函館の中心街だったと聞く。そしてその名残を残すみたいに周辺には古めかしくも華やかな建築物がたくさん残っていた。電車道路沿い、電停のすぐ傍に建つ、白い洋風の建物もそうだ。教科書で見たようなルネサンス様式に似た三階建ての建物は屋上にドーム型の展望室があったり、奥には尖った屋根の塔屋があったりと、まるでお城みたいな造りをしている。元々はデパートとして建てられたという話だが、現在では地域交流センターになっているそうだ。早くも色づき始めた函館山を背負い、青空の下でそびえる白壁は壮観だった。

子供の頃はあれが幻の『函館城』ではないか、なんて思ったこともあったな――そんなおぼろげな記憶を振り返りつつ、交流センターと函館山を横目にベイエリアへと右折する。

　ドラマのロケはベイエリアで行うそうで、お弁当は撮影開始前に受け取りたいとのことだった。指定されていた赤レンガ倉庫近くの駐車場で車を停めると、榎並さんに連絡を入れる。彼はものの一分もせずにすっ飛んできた。

「あー、ありがとうございます！　わざわざすみません！」

　この時初めて顔を合わせた榎並さんは、俺より少し若そうな男性だった。『STAFF』と書かれた黒いジャンパーを羽織り、だぶついたワークパンツをはいていた。髪は少し灰色がかった、赤味のない茶色だったが、きっと忙しい仕事なのだろう。根元から十センチくらいが黒くなっている。

　榎並さんはそんな激務ぶりを窺わせるような早口で言った。

「なんだか無茶な注文になってしまって申し訳なかったです！　ロケ弁はみんなの癒しというか、貴重な楽しみみたいなところもあるもんで……あ、領収書いただいていいですか？　株式会社ラクーンで！」

　電話で話した時と同様に、その口調からは訛りが感じられない。俺も仕事柄道外の人と接する機会は多々あるが、榎並さんは俺たち道民がイメージするような『東京の人』という印象だった。

「函館、寒くないですか？　今日も風が強いですけど」

お弁当の受け渡しがてら、俺は彼にそう尋ねた。

ベイエリアは海のすぐ傍だから特に強く風が吹いており、榎並さんの長めの髪もごうごうと揉まれるように揺れていた。その度に手で髪を押さえつけようとしつつ、彼は明るい笑顔で応える。

「風は強いですね！　でも晴れてくれましたし、いいとこですよ函館！　なんかどこ撮っても絵になるってカメラさんからも大評判で！」

彼のはるか後方、赤レンガ倉庫前の広い路上では同じように黒ジャンパーの人たちが慌ただしく駆け回っていた。誰一人として立ち止まっている人はおらず、みんな忙しく立ち働いている。風の音のせいで話し声までは聞き取れないが、指示を飛ばしているらしい声もするようだ。でもいざ撮影となれば、この人たちは全員カメラの中には映らないのだろう。

これがテレビ番組制作の現場というものか、と新鮮な思いで眺めてしまった。

ちなみに目を凝らして探してはみたが、荒砂律弥の姿はまだどこにも見当たらない。真琴へのお土産話にしたかったのだが、残念だ。仕方ないので『函館の景色が褒められた』という話だけでもしておこう。

「ドラマ、楽しみにしてます。頑張ってください」

去り際にそう告げたら、榎並さんは朗らかに破顔した。

「あっ、ありがとうございます！　いいものにしますので、ぜひお楽しみに！」

その言葉さえ言い慣れている印象があったが、それが不快にはならない人だ。

俺は一瞬、『実はうちの母もエキストラに参加するんですよ』と付け加えようかどうか迷ったが——考えた末、やめておいた。ちょっと恥ずかしかったし。

聞いた話によれば、函館でのドラマロケは滞りなく終了したらしい。

「お弁当、美味しく食べてもらえてたらいいねえ」

真琴の言い方は『明日晴れるといいね』みたいな明るさで、もちろん俺も同じように思っていた。

「そうだな」

店のお弁当を買っていってくれたお客様がどこで、どんなふうに食べ、そしてどう思ったかを知ることはまずない。常連さんや知り合いなら教えてもらえることもあるが、ほとんどは俺の知らないところで食べられている。

全ての感想を知りたいなんて大それた願いだ。誰かが俺の作ったお弁当を食べたいと思ってくれた、その事実だけで十分幸せなことだろう。そして食べた上で幸せな気持ちになってくれたなら、他にはもう望むこともない。

ところで、母さんはドラマのエキストラを大層満喫したようだ。こちらは実に丁寧に感想をくれた。

「もうすごかったんだから！　荒砂律弥がすぐ間近にいたの！　自然な演技にしてと言われたからじっと見たりはできなかったんだけど、お顔が小さくてびっくりしたわ……！　しかもテレビで見るより背が高いの！」

母さんは佐津紀さん一家と共に、ベイエリアの飲食店で歓談する家族役を演じたらしい。演じた、と言っていいのかはわからないが、少なくとも本人はそのつもりでいる。

「こう見えてもお母さん、若い頃はお芝居とかやってたんだから。周囲に溶け込む演技なんてお手のものよ」

「そうだったっけ？」

初耳なので聞き返したらなんのことはない、学生時代に文化祭でお芝居をやったとか、人手が足りなくて近所の教会のクリスマス劇に駆り出されたとか、そんな程度の話だった。嘘はつかないが割と話を盛りがちというか、大げさに語りがちなのがうちの母さんだ。

「エキストラでも衣裳は用意されてるものなのね。自前の服で行ったら『これに替えてください』って言われてね、ヘアセットまでしてもらって、ちょっとしたスター気分ってところ。こんなに楽しい体験だったらまた挑戦してもいいわね」

なかなか今回のような大々的なロケが行われることもないだろうが、母さんはすっかり乗り気のようだ。よっぽど楽しかったんだろうな。俺も真琴も、時間のある時は大興奮のエキストラ体験記に付き合ってあげることにしている。

「荒砂律弥って、ちょっと、うちのお父さんの若い頃に似てるのよね」

そう言い出したのにはびっくりさせられたし、異論も大いにあったが。

うちの父さんは間違ってもベビーフェイスと評されるような顔立ちではないし、小さな顔もしていない。整っているかどうか実の息子からは言及しづらいが、身内びいきでよく言えば渋めの顔、といったところだ。

「似てる？　どこが？」

思わず聞き返したら、母さんはうっとりした様子で答えた。

「若い頃はあんな感じだったのよ。ぱっと目を引く美形でね、いつでも女の子の注目の的だったんだから。今はすっかりいぶし銀の男前だけどね」

「確かに素敵ですよね、お義父さん。似てた可能性もあるかも……」

真琴が納得したので、俺は更にびっくりする。俺の目にだけ荒砂律弥もしくは父さんが違う顔に見えているのではないかと混乱したほどだ。

それなら確かめてみようかと辺りを見回せば、さっきまで母さんのエキストラ体験記に耳を傾けていた父さんの姿はいつの間にか消えていた。多分、いたたまれなくなって席を外したのだろう。

そういうわけで父さんが人気俳優に似ているかという問題はうやむやのままになったのだが、それがきっかけかどうか、母さんは荒砂律弥の大ファンになったそうだ。折しもドラマの撮影が終わり、放送時期が今冬と決まった頃合いだった。番宣のためか荒砂律弥がテレビや雑誌で取り上げられる機会が増え、母さんはそれらをまるで摂取するみたいに見たり、買って読んだりしていたらしい。実家に立ち寄ればリビングに彼が表紙の雑誌が置いてあったり、地元紙の取材記事を切り抜いていたりもしていた。

そんなある日、

『正ちゃん！　真琴さんも今大丈夫？　ちょっとそっちに行くから！』

朝から母さんが電話を掛けてきたかと思うと、焦った様子でまくし立ててきた。

「いや、まあ、別にいいけど」

そのうろたえぶりにこっちが戸惑ってしまう。幸い俺も真琴ももう起きて、洗濯も朝食も終えたばかりだった。しかし母さんがうちに来たがるなんてめったにないことだ。

『じゃあ今すぐ行くから！』

「ちょ、待ってくれよ。なんの用かくらい――」

俺の声も耳には届かなかったか、母さんは容赦なく電話を切った。真琴が傍で怪訝そうにしている。

「お義母さんから？」

「そうなんだけど、今から来るって」

「珍しいね。どんなご用事かなあ」

「さあ……」

普段、俺たちが実家に立ち寄ることはあっても、父さんと母さんが俺たちの部屋に来ることはまずない。特に母さんは『お姑《しゅうとめ》さんが頻繁《ひんぱん》に出入りするなんて無礼じゃない？』という考えの持ち主らしく、俺たちに用がある時は実家に呼ぶか、店で済ますのがいつものことだった。それがわざわざ、しかもずいぶん急いだ様子でこっちに来るというのだからただごとではなさそうだ。

電話を切って十分経ったかどうかというくらいで、俺たちの部屋のインターホンが鳴る。モニターには髪を振り乱し肩を上下させている母さんが映っていて、ますます何事かと不安になった。

「こ、これ、見てほしくて……」

ぜいぜいと息を切らす母さんの手には、一冊の雑誌が握られている。あんまり急いできたせいか喋れなくなっていたので、とりあえず上がってもらって、冷たいお茶を飲ませることにした。

「はあ、生き返るわあ」

そして母さんが水分補給をしている間に、俺たちは持ってきた雑誌を開く。ご丁寧に付箋《ふせん》つきだった。中には新作ドラマについてインタビューを受ける荒砂律弥の記事が見開きで掲載されていて、その文章を読もうとすると母さんが一ヶ所を指差す。

「ここ、ここ読んで」

俺と真琴は額をくっつけるようにして雑誌を覗き込んだ。インタビュアーが荒砂律弥に、函館について尋ねているくだりだった。


――ロケ地の函館で、何か思い出に残っていることはありますか？


札幌や旭川には仕事で行ったことがあったんですが、函館は初めてでとても楽しかったです。撮影が押していたので遊んでいる時間はなかったですけど……。

思い出と言えば、ロケ弁がとてもおいしかったことですね。スタッフの方が日替わりでお弁当を頼んでくださって、毎日それが楽しみで（笑）特にマグロをカツにしたお弁当が美味しかったです。レモンジュレのソースがついてて、疲れててもさっぱり食べられたんですよ。

「……まさか」

眩暈《めまい》さえ覚えて呟く俺の肩を、真琴が揺すってくる。

「ね、ね、これってどう考えてもうちの店のお弁当のことだよね⁉」

「ど、どうかな。マグロカツはうちだけじゃないかもしれないし……」

「でもレモンジュレまで被るのはないでしょ？　絶対そうだって！」

彼女の断言に、ようやく髪の乱れを直した母さんが得意満面で続けた。

「大丈夫、お母さんは既にリサーチ済みよ！　聞き込み調査したところによると、今回のロケ弁でマグロカツを出したのはうちの店以外なかったって！」

「聞き込み調査って、そんなことしたの母さん」

「するに決まってるでしょう、可愛い息子とお嫁さんのためだもの！」

母さんがこの湯の川地区で築き上げた情報網は侮《あなど》れないものがある。これまでにも地域での新規出店や特売情報、果ては誰々さん家のなんとかくんが結婚するんですって、みたいな話までどこからともなく拾ってくることは確かにあった。だとすると今回のインタビューも、もしかすると本当に、うちの店の話なのだろうか。

実感がなさすぎて信じられない。こんな形でお弁当の感想を貰う日が来るとも思わず、俺はただぼんやりとしていた。

そんな俺の目を覚ますがごとく、真琴が勢いよく抱きついてくる。

「播上のお弁当、褒めてもらってるよ！　やったね！」

「わ、わっ」

床に倒れ込みそうになるのをすんでのところで受け止めたら、抱き締め返す格好になった。まだ現状を飲み込み切れていない俺の腕の中で、真琴はなんだか不満げだ。

「もー、もっと喜ぼうよ！　播上が褒められてるんだよ？」

「あ、ああ……でもなんか、実感が……」

「さすがはうちの息子、そして荒砂律弥ね。目の付けどころが違うわあ」

母さんも嬉しそうに目をきらきらさせている。

「お母さん、ますますファンになっちゃった。道理でお父さんに似てると思ったのよ」

その理屈は正直、未だによくわからないが――ようやくじわじわ理解が及んできた俺も、予想していた通り、荒砂律弥を応援したいと思った。我ながら現金なことだ。

慌ただしかった十月があっという間に過ぎ去り、俺たちは十一月を迎えていた。

この頃になると日中でも気温は一桁台まで落ち、せっかく紅葉した木々の葉も冬支度を急ぐみたいにはらはら落ちていく。早ければ今月半ばにも初雪のニュースが報じられるだろう。函館が一面銀世界になるのはもう一ヶ月ほど先のことだが、冬の寒さは早くも忍び寄りつつあった。

「お味噌汁が染みる季節になったよね」

お椀を手にした真琴が、ふうと大きく息をつく。白い湯気が揺れるなめこの味噌汁はとろみがあり、身体を温めたいこの時期にはぴったりだ。

今日は休みなのだが、少し早めのお昼ご飯を囲んでいる。食べたら二人で西部地区まで出かける予定だった。滑り込みで紅葉を見に行こうというわけだ。

「この時期は急に冷え込むんだよ。外出るならしっかり準備しよう」

「そうだね、まかなっていかないと」

ちなみに『まかなう』は北海道弁で『寒さに備えてがっちり着込む』という意味である。俺はこの言葉が方言だということを最近まで知らなかったが、真琴も同じだったようだ。

「え⁉　まかなうって方言なの？」

「渋澤が言ってた。奥さんには通じなかったって」

「嘘ぉ……本州ってまかなう必要ないのかな」

さすがにそんなことはないだろうが、より冷え込む地方ならではの言葉ではあるのかもしれない。他に驚かされた話としては、手袋を『履く』も北海道弁だそうだ。俺たちが方言だと知らない言葉はまだまだたくさんありそうだ。

これだけ冷えると外でお弁当を食べるのもきついので、やむを得ずの家ランチだ。本当はここまで冷え込む前に出かけたかったのだが、十月はどうしても忙しかった。

荒砂律弥のインタビュー記事にはうちの店の名前こそ載っていなかったが、マグロカツというメニューからうちだと気づいてくれた人が結構いたようだ。ファンの人たちが口コミで広めてくれたこともあったらしく、マグロカツは完売にならない日がないほどの売れ行きだった。配達の要望も連日あり、俺も真琴も忙しい日々を過ごした、休みの日には身体を休めることを優先せざるを得なかった。だから今日は久し振りのお出かけだ。

もっとも、家で食べるからこそ作れるものもある。かねてから真琴に食べさせたいと思っていたメニューがあった。

「これがマグロのレアカツ？」

「そう。一度食べてみて欲しかったんだ」

食卓には揚げたてのマグロカツを並べてある。店で売ったのはしっかり中まで火を通したものだが、今回はレアだ。柵ごと衣をつけて油で揚げ、衣の色が変わった辺りで取り出す。ぼやぼやしていると余熱で火が通ってしまうから、手早く切り分けなければいけない。サクサクの衣に包丁を入れれば、美しいルビー色のマグロの身が覗いた。

ソースは今回も二種類用意した。ピクルスとハチミツを加えた自家製タルタルソースと、醤油、酢、豆板醤《とうばんじゃん》に刻みネギを散らしたピリ辛香味ソースだ。マグロの身自体はあっさりしているから、こってりめの味つけと相性がいい。

「お刺身とはまた違う味なのかな？」

不思議そうにカツを見下ろす真琴が、まず一切れ、箸で摘まみ上げた。最初は香味ソースの方を選んで口に運ぶ。衣のカリッと美味しそうな音が、テーブル越しにまで聞こえてきた。

「美味しい！　お刺身とも、普通のカツとも違う感じで……」

真琴は驚きに目を瞬かせている。

「私、生で食べるよりこっちの方が好きかも。程よくジューシーさが増すっていうか」

「刺身と揚げ物のいいとこ取りなんだ」

マグロの赤身は生でも美味しいが、他の部位に比べると脂乗りは少なく淡泊だ。しかし揚げることで火を通してしまうと身からせっかくの瑞々しさが失われてしまう。適度にジューシーさを残しつつ、刺身にはない食べ応え、そしてカリカリサクサクの食感を加えることができるレアカツはまさに理想の食べ方だろう。

「惜しむらくは、戸井産のマグロじゃないってことだな……」

俺はそれが残念だった。せっかく函館にいるというのに一番美味しい地場産マグロを真琴に食べさせられない。市場にはあまり出回っていないブランド品なので、飲食店ならともかく一般家庭で手に入れるのは難しかった。

しかしブランド品ではないからこそ、柵ごと豪快に揚げてしまえるのも事実だ。

「これだって十分過ぎるくらい美味しいよ」

真琴は口元をほころばせつつ、早くも二切れ目に箸を伸ばしている。

「むしろこんな美味しいもの、商品にしないでうちだけで食べちゃうのは悪い気がするね」

「仕方ない。お弁当にするにはハードルが高いからな」

俺はそう答えつつ、真琴がマグロカツを堪能する様子を幸せな気持ちで見守っていた。

仕事として売るお弁当を褒められ、評価されるのはもちろんありがたいことだし、嬉しい。ただ真琴に食べてもらえて喜んでもらえるのは、それとはまた別の喜びがある。なんというか——彼女のためだけに料理をして、美味しいと言ってもらえたらそれだけでいいって思ったことも過去にはあった。結局は生業にすることを選び、そのことに後悔はしていないが、こうして二人で過ごしているとあの頃の想いが蘇《よみがえ》ってくることもある。

そう思うと俺も、いいとこ取りができたみたいだ。

昼食の後、俺たちは電車に乗って紅葉を見に出かけた。

末広町電停で降りて歩くこと五分ほど、函館山のすぐ麓《ふもと》にある公園と、その中に建つ洋風の建物が見えてくる。灰青色の木壁を黄色い枠で縁取った美しい館は、函館市内でも指折りの観光スポット、旧函館区公会堂だ。

左右対称の横に長い二階建てで、海外でよく見るような小さな屋根窓や破風《はふ》がある。二階中央には円柱が連なる回廊とまるで舞台のように張り出した大きなバルコニーがあり、今はそこに観光客らしき人の姿が見えた。何度か改修はされているが明治時代に建てられたというだけあって、雰囲気はまさしくモダンな和洋折衷様式の建物だ。

「あれ、テレビで見たことある建物だね」

「函館といえばここ、みたいな場所だからな」

テレビでよく映ると言えばここか、ハリストス正教会か、函館山から見下ろす夜景か――そんなところではないだろうか。

ちなみに元町公園も函館山ほどではないが高台にあり、園内からは函館港からぐるりと弧を描く海岸線が一望できる。今日は天候には恵まれたので、隣の北斗《ほくと》市にある七重浜《ななえはま》や津軽《つがる》海峡を渡るフェリーまでよく見えた。ただ風があるせいか、遠目に見ても海は白波立っている。

そして園内のイチョウやカエデは、風に吹かれて次々と葉を落としていた。燃えるような赤や眩い黄色の落ち葉が地面を覆うように広がり、その上を歩くと乾いた音がするのに、靴裏に伝わる感覚はなぜかふわふわ柔らかい。

「落ち葉のじゅうたんみたい」

真琴が枯れ葉を踏みしめて楽しそうに笑う。

「紅葉《もみじ》狩りって言うけど、狩られた後感があるよね」

「そうか、狩られたから葉が落ちるのか」

そもそも、ただ見に行くだけなのに『紅葉狩り』とは不思議なたとえだなと思う。イチゴやブドウを狩るみたいに言っておきながら、紅葉を実際に取る人はそういないはずだ。記念に持ち帰る人はいるかもしれないが。

「見て見て、手みたいな紅葉」

しゃがみ込んだ真琴が、赤々とした葉を拾い上げてかざしてみせた。午後の陽の光を透かした葉は、彼女の顔に小さな子供の手のような影を落とす。

「健斗くんの手ってこのくらいの大きさじゃなかった？」

「そうそう。可愛い手をしてたよ」

「でもお箸はちゃんと持っててえらいよね」

春が来ればあの子も小学生なんだよな。時の流れの速さに愕然とするのはこういう時だ。

この間まで暑い暑いと言っていたはずなのに、もう秋すら終わろうとしている。この先に待っているのは北国の長い冬だ。

「でもやっぱ、今日寒いね。手冷たい」

真琴は立ち上がりながら、自らの手に息を吹きかける。俺より小さな、すらりとした手に白い吐息が溶けていくのが見えた。思えば今日は天気もいいのに散策する人の姿もまばらだ。

「手袋履いてくればよかったなあ。まだ要らないかもって思っちゃったんだよね」

この時期は着るものの選択に困る。俺はモッズコートを着ているし、真琴なんて短い丈のダウンを着込み、マフラーまで巻いていた。まるまるとしたシマエナガ柄のマフラーだ。

「それ、柄が可愛いな」

俺が褒めると、彼女は冷たそうな手でマフラーを摘まみ、見せてくる。赤い実をつけたナナカマドの枝に並んで止まる、三羽のシマエナガが描かれていた。

「いいでしょ。一目惚れしちゃって、これしかない！　って買っちゃったんだ」

彼女は昔から動物柄が好きだが、特に小鳥が好きらしい。ころころと丸いシマエナガは確かに愛らしいので、惹かれる気持ちはわかる。

だがいかに可愛いマフラーでも、剝き出しの手を暖めることはできない。真琴が手をかじかませているのはかわいそうだから、俺は手を差し伸べた。

彼女はすかさずにっこりして俺の手を握る。繋いだ手をそのままコートのポケットに入れると、照れくさそうにくすくす笑ってみせた。

「暖かいね」

「片方しか繋げないのが惜しいよな」

いっぺんに両方繋げないもどかしさはありつつ、こうして彼女の手を温められることをこの上なく幸せだと思う。

俺たちはそのまま、手を繋いで元町公園内を歩いた。

「そういえば、ここもドラマのロケ地になったらしいよ」

「へえ。よく使われる場所ではあるけど」

過去にも映画やドラマの撮影が行われたという話は聞いている。そうか、ここにも荒砂律弥が来ていたのか。

例のドラマは今冬放映だったな。寒い冬が来るのは少々憂鬱だが、楽しみもなくはなかった。始まったらとりあえず一話見てみようと思っている。もしかしたら、母さんや佐津紀さんたちが映っているのを見つけられるかもしれないし。

「けど、あのドラマってどんな話なんだろうな」

ふと胸に浮かんだ疑問を、俺はそのまま口にしてみた。

見てみようという気持ちはあれど、事前にチェックしておくほどの熱意はない。でもうちの母さんは荒砂律弥が出ている雑誌を買いあさっているから、おおよそはもう知っているはずだ。そしてそれを読ませてもらっている真琴も、やはり既に把握しているようだった。

「あらすじによると恋愛物らしいよ」

「恋愛物か……普段見ないジャンルだな」

「函館でお土産物屋さんを営む主人公が旅行しに来た女性に恋をするんだけど、その女性には謎めいた事情があるらしくてね」

真琴は何やらいきいきと続ける。

「観光客だからずっと会えるわけじゃなくて、女性はやがて函館を離れちゃうんだけど、一年後の同じ秋にまたやって来るの。毎年、毎年同じ季節に必ず函館を訪ねてくるんだって……ちょっとミステリーじゃない？」

「確かにな」

何か事情があって毎年同じ季節にやって来ているのだろうか。ただ恋愛物というだけでなく、謎もあるのは興味深い。

「でもやっぱ見どころは、荒砂律弥の片想いの演技だと思うよ」

そこで真琴は、もっともらしい顔つきになる。

「年に数日しか会えない謎の女性に、主人公は長い片想いをするんだって。二年、三年と想い続けて、一緒にいられる間は幸せなのにどうしても気持ちは伝えられない。そんな気の長い片想いのお話みたいだよ」

――どうも、身につまされる話だ。

俺の複雑な心中が顔にでも出ていたか、説明し終えた真琴は怪訝そうにしている。

「播上、どうかした？　あんまり好みの話じゃなかった？」

「いや……」

好みじゃないどころか、他人事とは思えない話だ。

真琴には、俺がいつから彼女を好きだったか、打ち明けたことがあっただろうか。例のドラマを見ていればその頃の思い出、なかなか踏み出せずに一人煩悶《はんもん》していた頃のことがまざまざと蘇ってきそうだ。まったくどんな顔で見ていればいいのか。

「なんか、親近感の湧く主人公だなと思ってさ」

そう答えたら、彼女は大いに共感したのか二度三度と頷く。

「わかるわかる！　庶民的っていうか、あんまりヒーロー感がないのがいいよね」

そしていつもの朗らかな笑顔で続けた。

「ドラマ一緒に見ようね、播上！」

俺は答える代わりに、コートのポケットの中の手をぎゅっと繋ぎ直しておく。
ドラマを見ながらあの頃の素直な思いを語ろうかどうか、今はまだ迷うところだ。

4、たらザンギとホタテご飯弁当

『お前の店、年明け頃って予約取れる?』

店へ電話をくれた熊谷《くまがい》が、やぶからぼうに尋ねてきた。

「三が日は閉まってるけど四日以降なら。正直、年明けは毎年暇だよ」

ちょうどお昼で、ぼちぼちお弁当販売のために店を開けようかというタイミングだ。壁掛け時計をちらりと見た俺の脇を、真琴《まこと》が軽く手を挙げて通り抜けていく。先に掃除へ出るのだろう、手袋を履いた手に箒を握っていた。

十二月に入ると、気温は一桁台から上がらなくなる。真琴が茶衣着の上に一枚羽織って、ちゃんと『まかなって』いるのを見ていても、先に外へ出た彼女が心配になった。

俺も暖簾を掛けなくてはならないが、しかし熊谷が予約の話をくれるならそちらが優先だ。まずは用件を聞こうと続きを促せば、熊谷は明るい声で言った。

『ほら、同窓会やろうって話になってただろ』

「同窓会?　初耳だけど」

『お前、SNS見てないな。せっかく登録したのに』

驚きに聞き返した俺を、奴は豪快に笑い飛ばす。

かつての同級生、同窓生たちがインターネットを介して繋がっているという話は以前から聞いていた。進学や就職などで函館を離れた者も多い中、SNSに近況を書き込み合うことでかつての教室さながらに交流が持てるものらしい。そうして何人もの元クラスメイトと旧交を温めていた熊谷は、俺にもSNSをやるよう勧めてくれ、実際に俺も試してはみたのだが――。

『播上《はたがみ》、最初の自己紹介で更新止まってるんだもんな。見る度笑える』

「いや、なんか書くことなくてさ……」

とりあえず最初の投稿には自分の氏名と出身校、卒業年度、あとは無難に近況なんかを記した。でも他に書くことが全く思い浮かばない。俺の趣味といえば料理だが、延々と料理の写真だけ上げても仕方ない気がするし、かといって自分の写真なんて絶対に載せたくはなかった。真琴について書くのは本人に見られた時にものすごく恥ずかしくなるだろうし、店のことを書くにしても、下手を打って『炎上』などということになればみんなに迷惑が掛かってしまう。結果、俺の更新は今夏の時点で止まっていた。

もっとも、そんな調子でも何人かのクラスメイトが気づいて声を掛けてくれたりしたので、俺が元気で、結婚をして、現在は函館に住んでいるという存在証明にはなったようだ。

『ま、播上みたいな奴も珍しくはないけどな』

熊谷はまた笑う。

『とにかく、同窓会やるからな。日時は年明けの四日、五日辺りで調整中。ちょうどその頃だと帰省してる奴も多いからって話でさ』

それを聞きながら、店の壁に掛けられたカレンダーを確かめた。十二月のカレンダーの隅に来月のカレンダーが小さく載っていて、来年の話でもあるんだな、と思う。

『で、場所はお前の店にしようかって。結構行きたがってる奴が多いんだよ』

「それはありがたいけど、いいのか？」

こちらとしては大口の予約も貰えて、懐かしい顔にも会える、まさに一石二鳥の機会だ。うちばかり儲けさせてもらって悪い気がするが、いいのだろうか。

『いろいろ考えたんだけど、それが一番いい気がしたんだよな。播上の店は儲かるし、みんなは気になってた播上の店の味を知るいい機会になる。そして播上の奥さんは、旦那が同窓会で羽目を外さないかと気を揉む必要がなくなる』

「外さないよ」

俺が苦笑すると、熊谷はさも当然と言いたげに続けた。

『最後のは余計な心配だったな。で、予約はできるのか？』

「もちろん承るよ。人数はどのくらいになる？」

『俺とお前を含めても十人行くかどうか、くらいだな』

同窓会と呼ぶにはやや小規模かもしれないが、高三の時のクラスの連中で集まれるそうだ。熊谷はその全員と連絡を取り合っているらしく、さすがだなと感心させられた。

『あの子も来るってさ、加藤《かとう》さん。今は結婚して水島《みずしま》さんらしいけど』

「加藤さん……？　どんな子だっけ」

『覚えてない？　テニス部の、小柄で可愛い子だったろ』

「あー……漢検頑張ってる子だったか？　そのくらいしか覚えてない」

あいにく女子との思い出は希薄の一言で、むしろ熊谷の記憶力の方に驚愕だ。

『なら、あいつは？　東海林《しょうじ》のことは覚えてるよな？』

「サッカー部の？　下級生に人気だった奴だよな」

『そうそう！　あいつ卒業式の日にボタン欲しがられるからって予備のボタン買ってたよな。結局使ったのかな、あれ』

一方で、男子たちの記憶はなんとなく残っている。熊谷の話を聞いて、そんな奴もいたな、なんてじわじわ懐かしさが込み上げてきた。

『あと湯浅《ゆあさ》も来るって。今は稚内《わっかない》で働いてるんだけど、お前の店に行きたいからわざわざ帰省するって意気込んでたよ。例の荒砂律弥《あらすなりつや》の弁当、あれを是非食べたいって』

「それは困ったな。あの弁当、そろそろ終売なんだよ」

高校時代から大食漢だった湯浅の期待に応えたいのはやまやまだ。しかし戸井のマグロは年末で漁期が終わってしまう。年明けには違うメニューの弁当をと考えていた頃合いでもあって、湯浅には残念な知らせをしなくてはならないだろう。

『なんだ、そうなのか。まあ湯浅なら他の料理でも喜ぶだろ』

熊谷は呆気なく事実を受け入れ、そして明るく続けた。

『あんまり気を遣わなくてもいいからな。一番は懐かしい顔に会うことなんだし、思い出が一番の肴《さかな》だよ。播上も当日は飲むんだろ？』

「いや俺は……多分普通に仕事するよ。みんなに美味しく食べてもらう方が楽しいし」

覚えている名前もあるとはいえ、クラスメイトたちとも久々の再会だ。正直こそばゆいのもあるし、緊張だってしそうな気がする。それならあくまで仕事としてみんなを迎える方が俺としては気が楽だ。

『すごいな、料理人の鑑《かがみ》だ』

「それほどでもないけど。店には真琴もいるしさ」

彼女が働いている傍で俺だけお客さんになるのは、少し想像してみても無理だった。

『なんだよ、羽目外さないいんじゃなかったか？』

冷やかすような口調で言った熊谷が、その後で笑う。

『近いうちに正式な人数取りまとめて、改めて連絡するよ。予算のこととかも――心配しなくても、同級生のよしみでまけろなんて言わないから』

「心配はしてないよ。むしろ熊谷にも酒を注文することになると思うし、よろしくな」

『任せとけ。いいのをいっぱい仕入れてやるよ』

電話越しにも熊谷の静かなやる気が伝わってきた。

なんだかんだ言っても熊谷は多少勉強する気でいるのだろうし、俺としても同窓会となれば、多少のおまけはするべきだろう。マグロカツの時期は終わってしまうが、それに負けないいくらい美味しいものを出して、みんなを喜ばせたいと思う。

電話を切った俺は、真琴の後を追って店の外へ出た。

引き戸を開けた途端、たちまち身を切るような木枯らしが吹きつけてきて、思わず身を竦めたくなる。だが店の作務衣を着ている時は、背中を丸めてはいけない――父さんがそう言っていたので、我慢して背筋を伸ばした。

外には掃き掃除をする真琴がいて、俺に気づいてぱっと笑顔になる。そして店の前の路地には、たった今通りがかったという様子の若い女性の二人連れもいた。見慣れない顔だが、お客様だろうか。

「あっ、ここじゃない？」

女性たちは俺が掛けようとした暖簾を指差し、スマホの画面と見比べる。

「ほら、名前合ってる。『小料理屋　はたがみ』さんでしょ」

そしてお互い頷き合った後、真琴に尋ねた。

「すみません、お弁当って今日ありますか？」

「いらっしゃいませ！」

真琴はすかさず愛想よく微笑む。

「マグロカツのお弁当ですよね？　ございますよ。ちょうど作りたてです」

「わ、やったあ！」

女性たちはまた顔を見合わせ、嬉しそうな声を上げた。

最近多いタイプのお客様だ。荒砂律弥の影響力はすさまじく、彼が褒めてくれたお弁当を目当てにはるばるうちを訪ねてくれる。『聖地巡礼』と言うらしく、うちの店のみならず彼が函館滞在中に立ち寄った場所、インタビューを受けた観光地、ロケ地などを巡りに訪れる人がそこそこいるようだ。放送前でこうなのだから、いざドラマが放送開始になったら経済効果は素晴らしいことになりそうだった。

そしてこの時期、服装を見れば北海道の人かそうでないかもわかる。

十二月の初め、今日の最高気温は二度の予報だ。にもかかわらずこの女性たちは着てきたファーコートやボアコートの前を開けている。切りつけるような冷たい風が吹く今くらいの時期、おしゃれを気にしてコートの前を閉じないのはよほど根性のあるファッショニスタか、内地から来た人たちくらいのものだ。細いヒールのブーツもなかなか見ないが、幸い函館はまだ積雪していないので安全だろう。雪が積もってしまうとスパイクや滑り止めなしの冬靴ではさすがに心許なくなる。

「どうぞ、お入りください。店内でお品物をお渡しします」

真琴が店の戸を開けると、女性たちも連れ立って入店していった。俺も急いで後を追い、真琴がお会計を進めている間にお弁当を袋に詰める。

「お店の中、暖かーい……今日は外、すごく冷えますね」

ファーコートの女性が苦笑気味に言うと、真琴も合わせるように眉尻を下げて頷く。

「そうなんですよ。夕方から雪の予報だそうです」

すると女性たちはたちまち顔を輝かせた。

「今日、雪降るんですか！　それは楽しみです」

聞き慣れないイントネーションから、いらした地方を推し量ることまではできないが、あまり雪の降らない地域からお越しの方々らしい。東京かな、渋澤《しぶさわ》の知り合いだったりしないかな、と一瞬考えたが、世間もそこまで狭くはあるまい。

「お待たせいたしました。マグロカツ弁当二折です」

俺が袋詰めしたお弁当を手渡すと、女性たちは揃って嬉しそうな顔をした。

「お客様、ちょうどいい時期にお越しですよ。このお弁当、年末で一旦おしまいだったんです」

更に真琴が言葉を添えると、二人ともびっくりした後で微笑んでみせる。

「早めに聖地巡礼に来てよかったです！」

「私たち、ドラマ一話を函館で見ようと思ってて！」

なんとこちらのお客様は、荒砂律弥主演ドラマの放映日に合わせて函館へ旅行に来たのだという話だった。昼間のうちに聖地を回り、夜はホテルで第一話の放送を見守る。そんな旅を計画しているとのことだ。

ほくほく顔で帰っていくお二人を見送りに出た後、真琴がほうと白い息をついた。

「素敵な旅だなあ……なんかいいよね、そういうの」

「好きなものに熱中していられる旅だもんな」

あいにく俺には聖地巡礼をしたいと思うほど好きな芸能人はいないが、そういう目的のある旅には憧れる。武将だったら長宗我部《ちょうそがべ》元親《もとちか》の居城、岡豊城《おかとよじょう》とか見に行ってみたいと思うものの、さすがにちょっと遠すぎた。あるいはこの辺じゃ食べられない郷土料理食い倒れの旅とか――そこまで行くと聖地巡礼ではないか。

真琴にはどこか巡礼してみたい土地があるのだろうか。尋ねてみようかと隣を向けば、彼女は冬の白い曇り空を見上げている。

「……あ、雪降ってきたよ」

その言葉通り、空からは雪がちらつき始めていた。まだ積もるには早いだろう、ふわふわとした儚《はかな》い雪だ。

彼女が俺の方を向き、優しく目元を和《なご》ませる。

「さっきのお客様、喜んでそうだね」

「ああ、雪見たがってたもんな」

そんな彼女を見ていると、気温二度の寒さの中でもほんのり温かくなった。


仕事を終えて帰宅すると、待ち構えているのは冷え切った部屋だ。

俺たちもいくらか歩いて帰ってくるので身体はある程度温まっているのだが、それでも部屋の明かりをつけたその次にすることは灯油ストーブのスイッチを入れることだ。中で炎が燃え出して、銀色の反射板ごと明々と照らすのを確かめてから、俺たちは手を洗い、うがいをし、そしてまたストーブ前に戻ってくる。

「今日も寒かったね、ほら」

膝を抱えて座る真琴が、俺の頬に耳をくっつけてきた。その小さくて丸い耳はひやりと冷たく、ちらりと横目に見ればほのかに赤らんでいる。

お返しとばかりに顔を寄せ返すと、彼女はくすぐったそうに笑った。

「播上、髪まで冷たいよ」

「しばれてたからな。雪積もらなかったのが不思議なくらいだ」

そのまま身を寄せ合って、ストーブの揺れる炎が部屋を暖めてくれるのを待つ。寒い冬は別段好きでもないが、彼女と二人だとさほど堪えないから不思議なものだ。窓際にはこの間一緒に飾ったクリスマスツリーも置いてあり、ぴかぴかのオーナメントに俺たちの姿が映り込んでいた。

リビングのテレビを点ければ、今夜最後のニュースをやっている。荒砂律弥主演のドラマはもう終わっていたが、録画済みなので問題はない。休みの日にでも二人で見ようと約束していた。

「あのお客様たちもドラマ楽しんだだろうね」

真琴が微笑んだので、俺も大きく頷く。

ニュースの中では、ちょうどクリスマスツリーの点灯式を伝えていた。

函館の十二月はイルミネーションの点灯から始まる。一日にはもう街のあちこちにイルミネーションが飾られていて、冬の早い日没後に温かな光を瞬かせていた。ベイエリアの海に面した広場には大きなツリーが飾られ、毎日点灯式が行われている。このツリーというのも本物のモミの木で、十一月末にもなると飾りつけを終え、台船に曳航《えいこう》されて函館港へ乗り入れる様子が報じられるものだった。

「このツリーって相当大きいんじゃない？」

カウントダウンでツリーに明かりが点る様子を見て、真琴は目を丸くしている。

実際、クリスマスツリーは日本の津々浦々に設置されるだろうが、海辺にそびえるこれほどの巨大ツリーというのはなかなかない画《え》に違いない。

「確か、二十メートル近くあるんじゃなかったかな」

うろ覚えで俺は答えた。テレビ画面越しに見ただけだが、傍らに建つ赤レンガ倉庫の倍以上の高さはあったし、恐らくそんなものだろう。

「へえ……それだけあったら運搬も、飾りつけだって大変だよね」

「そもそもイルミネーション自体、設置の手間を考えるよな」

毎年行われるこのイルミネーションは、冬場の観光客誘致のためのものだ。いかに函館が観光都市といえど冬場はやはりオフシーズン、客入りは決して多くない。湯の川の宿泊施設もこの時期ばかりは空室が増えるそうだし、その影響はダイレクトにうちのような飲食店にも響く。

もちろん冬場に観光の目玉がないわけでもない。スキーやスケートといったウインタースポーツが盛んになる時期でもあるし、冬だからこそ雪を見ながら温泉に浸かりたいという人もいる。冬ならではの味覚も当然あるのでぜひお越しいただきたいと俺たちは思っているのだが、この寒さばかりはいかんともしがたい。地元民ですら外出を億劫がるこの季節、観光客の皆様の足が遠のくのも致し方ない話ではある。

だからこそ、今年もベイエリアの巨大ツリーに光が点るのだ。

「俺たちも見に行こうか？」

そう尋ねたら、真琴は意外そうに目を瞬かせた。

「クリスマスにってこと？」

「ああ。クリスマスにはツリーが見たくならないか？」

もう少しスマートな誘い方ができないものかと自分でも思う。

それが理由というわけではなさそうだが、真琴は心配そうに聞き返した。

「でも、クリスマスってお店開くでしょ？」

「……別に当日じゃなくても、その前の週とか」

「それだとクリスマス感なくない？」

観光客が減っても、年末が近づけば忘年会やら仕出しやらで店は忙しくなる。俺たちを含め北海道の人間はお正月よりも年越しの方に重きを置いており、大晦日ともなれば親戚が一堂に会してごちそうを食べるのが相場と決まっていた。なんならお節《せち》も大晦日に食べるというご家庭もあるほどだ。

うちの店でも十二月の最終週は予定がみっちり埋まっていたし、クリスマスのあるその前週も準備などで忙しい。真琴もそのことを聞いていたからか、むしろ慰めるように言った。

「私は気にしないよ。ほら、前職だって十二月は忙しいものだったし、おいそれと遊びに行ったりできないよね。出歩いて風邪貰ってくるわけにもいかないし」

「まあ、そうだけど」

「それに、ツリーならうちにも飾ってあるもん」

彼女は二人で飾りつけたツリーに目をやりながら、あくまで明るく言い添える。

「私はクリスマスとかあんまりこだわらないから大丈夫だよ。年が明けて、余裕できたらまた二人でどこか行こうね」

「真琴がそれでいいなら、いいよ」

口ではそう言ったものの、どうしようかなと考えた。

確かに俺もクリスマスなんて気にする柄ではなかったが、今年は特別だ。結婚してから初めて迎えるクリスマスを、ただ師走の慌ただしさに追われて過ごすだけでいいのだろうか。

「楽しい予定も考えたいけど、お弁当のことも考えないとね」

クリスマスに囚われる俺をよそに、真琴は張り切って仕事の話を口にする。そこで俺も一旦はそちらに思考を向けることにした。

観光客が減るこの時期は、外でのお弁当売りも一旦休止となった。とはいえランチ営業自体がなくなったわけではなく、店内でお弁当販売を行うことにしている。今日のようにわざわざ訪ねてきてくれるお客様もいるし、続けて欲しいという常連さんたちからの声も大きかった。最近では熊谷も配達の時間が合えばお弁当を買っていってくれるし、佐津紀《さつき》さんは冬休みが始まったらまたお弁当があると助かると言ってくれている。観光のオフシーズンだからと休む暇はない。

ただ今日のお客様にも言った通り、目玉だったマグロカツはそろそろ終売の頃合いだった。戸井のマグロ漁は年末までで、それ以降は新鮮なマグロが手に入りにくくなる。来年夏に漁が始まるまで、別の売れ筋商品を用意しなくてはならないだろう。せっかく摑みかけたお客様をここで手放すわけにもいかないと父さんにも言われている。

「だとすると次は、万人受けするメニューじゃないといけないよな」

「そうだね。有名人の食べたものじゃなくても、『これならいいか』と思ってもらえるような……」

ストーブの上に置いたやかんで湯を沸かし、温かいほうじ茶を二人で飲みながら、企画会議と銘打ったお喋りに花を咲かせた。

季節の変わり目は俺たちにとって、次のお弁当について考えるタイミングとなっていた。何を作り、何を添え、この時期は何が美味しいか。そういうことを真琴と二人で考えるのがとても楽しく、充実している。特に彼女の口から、俺には思いつかないようなひらめきが浮かぶのがいい。

「冬の美味しいものって言ったら、タコとかタラとか、ホタテとか？」

この時期の旬のものを、真琴が指折り挙げていく。真剣な彼女の横顔を、ストーブの揺れる明かりが照らしていた。

タコはミズダコ漁が最盛期を迎える頃だし、タラが『鱈』と書くのは雪降る頃に美味しくなるからで、これも旬の時期だ。ホタテは今がちょうど産卵期で、夏場と違い貝柱は小さいが、身が厚くなって旨味もぎゅっと詰まっている。

俺はそれらの食材を吟味《ぎんみ》しつつ、調理法を考える。タコやホタテは生でも美味しいが、お弁当のおかずならしっかり味のついたものの方が好まれるだろう。

「味つけ甲斐のある素材が多いな」

「煮込みとか鍋向けだったりするよね……あ」

そこで真琴はぱっと明るい表情になる。膝を抱えた座り方のまま俺に向き直り、こう言った。

「炊き込みご飯とかは？　小さいホタテを入れて炊いたご飯って美味しいよね」

「いいかもな。せっかくの旨味を逃さない食べ方だ」

ホタテの美味しさをそのままご飯に染み込ませる炊き込みご飯は、冬に獲れる小さなホタテにもぴったりだろう。そして炊き込みご飯は冷めていても美味しいが、温め直すと一層美味しくなる。

「やっぱり冬は、温めてから食べて欲しいって思うんだよな」

　俺はお弁当を買っていくお客様の姿を思い浮かべてみた。もちろんやむを得ず外で食べるしかなく、冷えた弁当を味わう人だっているだろう。でも時に零度を下回る北海道の厳しい冬期には、お弁当を温めて食べる人の方が多いと思われる。だからあえて、温かい方が美味しいメニューを選ぶというのも選択肢としては悪くない。

「ほこほこの炊き込みご飯、掻き込むと幸せな気持ちになるよね。特に寒い季節だと」

　真琴が子供みたいに屈託《くったく》なく語るので、俺もついその味を想像してしまった。仕事前にまかない飯は食べたのに、この時間になると少しお腹が空いてくるから困る。

　まだ冷めていないお茶を一口飲み、胃を宥めながら話を継いだ。

「お弁当の他に、同窓会のメニューも考えないとな……」

　するとたちまち真琴が嬉しそうな顔になり、明るく声を弾ませた。

「自分のお店で同窓会するってすごく光栄な気分だろうね！」

「そうだけど、もてなす側だからな。緊張もするよ」

　俺にとっては久々に会う連中でも、熊谷のようにマメに連絡を取り合っていた人たちもいる。だから来てくれるみんなにとって楽しい思い出話ができる場を提供したい。

一番に思うのはそれだ。

「播上の同窓会でもあるんだから、お客さん側になってもよかったんじゃない？」

真琴はそう言ってくれたが、自分の店でお客様になるつもりはやっぱりなかった。

「正直言うと、店に立つ方が気楽なんだ。熊谷以外は久し振りに会う相手だし」

本音を打ち明けたら、彼女も心得たような顔になる。

「そっか。ずっと会ってなかったら、たとえクラスメイトでも緊張するよね」

「高校時代の顔しか知らない奴もいるしな。見知らぬ大人がぞろぞろ集まったら、敬語抜きで話せる気がしない」

「そこまで？　播上は緊張しすぎだよ。話し始めれば意外と打ち解けられるって

……」

声を立てて笑った真琴が、その後で一つあくびをした。

ストーブとほうじ茶で温まったから、眠くなってきたのだろう。俺の視線に気づいた彼女が柔らかくはにかんだ。

「ごめん」

謝ることなんてないのに。俺はつられるように笑いかけて告げる。

「気にするなよ、そろそろ寝ようか」

「うん。会議の続きはまた明日にしよ」

そう言うと真琴は、大きく伸びをしながら立ち上がった。

「顔洗って、先に寝る準備してくるね」

気がつけば、彼女は俺の前でメイクを落とすのをためらわなくなっている。元々寝顔は見ていたし、すっぴんだろうと寝癖だろうと愛想を尽かすようなものじゃない、むしろ可愛いと言っていたのだが、一緒に過ごすうちに彼女も抵抗がなくなってきたようだ。より夫婦らしくなれた気がして、なんとなく嬉しい。

冬の布団は留守の間の冷気を吸って酷く冷たい。なめらかな肌触りの毛布ですら身体を入れてすぐはひんやりしている。

そのせいか、布団に入った瞬間は眠気が飛んでしまうことがあった。

「さむっ」

真琴も眠そうにあくびをしていた時よりもはっきりした声で呻く。その身体を抱き寄せると、彼女もぴったりくっついてきた。少しだけ体温が高いように感じるから、眠いのは眠いんだろう。

「すぐ暖かくなるよ」

「うん」

冬場にたった一人で布団を暖めるのは至難の業《わざ》だ。震えながらうずくまるみたいに身を縮こまらせて、体温が伝わるのを待つしかない。だが二人でいると熱がいき渡るのがいくらか早く、こうしてくっついて眠るのがとても快かった。

「この寒さがなければ、冬も好きなんだけどな……」

ぼやく真琴は、手触りがもこもこのパジャマを着ている。今は電気を消しているが、明かりの下で見ると小さなクマみたいに見えるパジャマだ。ちゃんと耳つきのフードまであって、寒がりの彼女にぴったりだった。

「播上は冬って好き？」

腕の中から尋ねられ、俺は目を閉じながら答える。

「好きかって言われると難しいな。寒いのは苦手だけど、美味しいものも多いし」

「食べ物基準にしたら、全季節好きになっちゃうんじゃない？」

真琴が小さく笑う声がした。

ストーブを消した部屋の中は静かで、微かな声でもよく聞こえる。目をつむっているせいか真琴の声はより近く、耳の中に響くようで、俺もしみじみ語り掛けたくなった。

「真琴に食べさせたいと思ってる冬の味覚があるんだ」

「え、何？」

「ごっこ汁って知ってるか？　道南名産なんだけど」

「ごっこ……？」

顔を見なくてもわかるくらい、怪訝そうな声で聞き返される。

無理もない。北海道内であってもごっこ汁を食べるのは道南くらいのもので、あとは札幌の居酒屋でごくまれに見かける程度だ。スーパーで気軽に買えるのもこの辺りしかないだろう。

そう告げたら、真琴も眠気の中で思い出したようだ。

「ああ、言われてみると居酒屋で見かけたことあるかも……」

札幌の居酒屋をよく飲み歩いていた彼女は、不思議そうに続ける。

「でも頼んだことはなかったな。ごっこってそもそも何？」

「ホテイウオ。アンコウに似た深海魚だよ」

「聞いたことない名前。どういう由来なのかな」

「七福神の布袋様《ほていさま》に似ているからホテイウオというらしい」

神様相手に少々失礼ではないかという気もするが、ぽってり太った身体はぬめった光沢があり、お腹には海底で暮らすための吸盤がある。そして見た目の通りゼラチン質で覆われているのでコラーゲンたっぷりだ。

ホテイウオはその身もぷるぷるしていてとても美味しいのだが、卵もまた味わい深い。火を通すと白くなる小さな卵を醤油仕立てで煮込むと、すする度に口の中でぷちぷち音を立てる食感が味わえる。もちろんだしの出たつゆ自体も美味しくて、幸せに身体を温めることができる冬の名物だ。

「味の想像がつかないけど、コラーゲンたっぷりなのは魅力的だね」

「年明け頃から出回ってくるから、来年になったらごちそうするよ」

来年の話をすると鬼が笑うというが、もう一ヶ月を切っているので大丈夫だろう。来年もまた美味しいものを、真琴と一緒にたくさん食べたいものだ。

「楽しみだなあ……」

彼女の声が大分まどろんできた。そろそろ寝つくかなと目を凝らせば、瞼を下ろした真琴が俺の胸に頰を寄せて呟く。

「私も冬、寒いけど好きだよ」

布団の中はお互いの体温で、すっかり暖かくなっていた。

真琴はそれから数分もしないうちに寝息を立て始め、その穏やかな響きになぜか胸が締めつけられるような気分になる。

お弁当作り、同窓会とやるべきことはたくさんあるが、一番はやはり彼女を幸せにしたい。

今年のクリスマスは、結婚してから初めて迎えるクリスマスだ。真琴はこだわらないと言っていたし、実際その日は店があるから外出はできないが、せめてプレゼントくらいは用意したい。何をあげたら彼女は喜ぶだろう。

真琴の好きなものといえば、動物モチーフだ。彼女は小鳥や猫や犬といった可愛い柄のものが好きで、会社員だった頃はお弁当箱やそれをしまう袋を動物柄で統一していたほどだった。最近でもシマエナガのマフラーをしていたり、冬用のパジャマがクマだったりと、身に着けるものも動物ものが多い。ただあまり可愛すぎると子供っぽくて恥ずかしいというようなことも聞いたことがあるし——それなら何か、子供っぽくないものにしようか。

考えながら目を開けると、青みがかった薄闇の中にぼんやりと真琴の寝顔が見える。さらさらの髪が頬にかかって、少しくすぐったそうだ。起こさないように慎重に、指ですくって耳にかけてあげると、唇がうっすら微笑んだようだった。

彼女の小さな丸い耳を眺めつつ、プレゼントを何にしようか考えながら、俺もいつしか眠りに落ちていた。


夜と比べると、冬の朝はいくらか暖かく過ごせる。陽が射すからではなく、ストーブのタイマーをセットしているからだ。

灯油ストーブが火を灯す音で目を覚まし、布団の中でぬくぬくとしながら部屋が暖まるのを待つ。真琴はまだぐっすりで、何かいい夢を見ているのだろうか、唇がうっすら微笑んでいた。布団を引っ張り上げて彼女を肩まで包んであげた後、まだ冷え込んだ空気の向こうへ腕を伸ばし、自分のスマホを引っ掴む。時刻は七時半、もうご飯も炊けている頃だ。

ぼちぼち起きてもいい時間だが、もうちょっとだけ。布団の温《ぬく》もりに抗えず、俺はもう一度目をつむる。そうしてぼんやりと昨夜の出来事を振り返る——確かお弁当の企画会議で、ホタテの炊き込みご飯を作ろうって話になったんだよな。炊き込みごはんにはどんなおかずが合うかな。ちょっとお腹空いてきたな。今朝は何作ろうかな……。

不意に手の中でスマホが震え、思わずびくっとした。

さっき時刻を確かめた後、持ったままうとうとしかけていたようだ。慌ててスマホを覗けば、画面にはメッセージの受信を知らせる通知が表示されている。

送信相手は、東京にいる渋澤《しぶさわ》だった。

『おはよう。ちょっと聞きたいんだけど、タコザンギのレシピを知っていたら教えて欲しいんだ。なるべく簡単な作り方だとありがたい。全然急がないから、暇な時に頼む』

そんな内容だった。

朝早いな、渋澤。今日は平日だからもう出勤の時刻か。会社勤めを離れてもうじき二年、こちらは生活のリズムがすっかり変わってしまっている。でも渋澤は何も変わらず、向こうでも生真面目に勤務を続けているのだろう。

　東京に行った渋澤とは今でもこうして、よく連絡を取り合っている。札幌にいた頃はあまり料理をせず、作ってもせいぜい麺類くらいだと言っていた渋澤だが、東京に行ってから料理作りの楽しさに目覚めたようだ。北海道料理のレシピを教えてくれと、何度となく頼まれていた。

　それはもしかすると故郷である北海道を離れた寂しさからだったのかもしれないが――去年あたりまではそんなことをよく愚痴っていたが、故郷の味が恋しければ作ればいいと気づいたようだ。以来めきめきと腕を上げ、職場にお弁当を持っていくほどになったらしい。時々写真も送ってくれるが、近くに住んでいたら食べさせてもらうのにと思うほど美味しそうだった。

　結婚した今でも料理は続けているそうだが、しかしそんな渋澤も揚げ物はハードルが高いと言う。何度かザンギが食べたいと口にしてはいたものの、油跳ねや揚げ終わった後の油の始末など、面倒事も多い揚げ物に挑戦する気は起こらなかったようだった。

　しかしそれが一転、ザンギのレシピをねだられている。

　しかも定番の鶏肉ではなく、タコザンギという話だ。

「簡単な作り方か……」

要望に応えたいのはやまやまだが、正直なところタコザンギはあまり簡単ではない。むしろ揚げ物の中では高難易度と言ってもよかった。

その要因はタコに含まれる水分だ。ぷりぷりとした食感、独特の歯応えと旨味があるタコだが、それを構成する水分は揚げ物の際には厄介者になる。衣がなかなかくっつきにくいし、油が跳ねて爆発してしまうこともあるからだった。渋澤がもしタコザンギで揚げ物初挑戦というなら、別のメニューを勧めたいのが正直なところだ。

「播上、難しい顔してる。どうしたの？」

気がつくと、横で真琴が目を擦りながら身を起こしている。

俺はそんな寝起きの彼女に、掻い摘んで事情を話した。

「……教えるだけならできるけど、簡単となると難しいなと思って」

「そうだね。私もタコザンギ失敗したことある」

悲しい記憶が蘇ったのか、彼女は憂鬱そうに眉尻を下げた。

「ぼん！　ってすごい音して衣弾け飛ぶし、あちこちに油も跳ねちゃうし、ザンギじゃなくてタコと分離した衣だけになっちゃうし……揚げ終わってから床掃除してて、何やってんだろ私って思ったたね」

その体験談には共感しかない。

だが衣の剥がれ落ちや油跳ねをいくらか防ぐ方法もあるにはある。それでもいくらか、ではあるのだが、渋澤がどうしてもタコザンギを作りたいというなら力を貸したいと思った。


カーテンを開けると、外はすっきりした晴れ空だった。

本日の予想最高気温は、ニュースによれば零度だそうだ。放射冷却の影響で冷え込みは一層厳しくなると気の引き締まることを言われてしまった。

これだけの寒さでも、函館にはまだ雪が積もっていない。昨日みたいにちらほら降ったりはするのだが、本格的に積雪するのは十二月も下旬辺りで、どういうわけか毎年クリスマス頃には間に合う。小さな頃はよく母さんに、『雪が積もらないとサンタさんのソリが来られないかもね』と脅かされていたものだ。

札幌はもう少し早く積もる。ニュースによれば例年通り、既に積雪しているらしい。東京は逆に滅多に積もらないそうだが、一昨年《おととし》は珍しくたくさん降ったので電車が停まって大変だったと渋澤から聞いた。

「渋澤くん、もう東京の暮らしには慣れたかな?」

二人で朝食を取りながら、真琴が懐かしそうに目を細める。

俺も彼女も、渋澤とはもう三年以上も会っていない。俺はよく電話で話したりしているから会っていないという感覚はないくらいなのだが、真琴は俺伝いに話を聞いているだけだ。懐かしい人だと思うのも無理はない。

「三年目だし、奥さんも東京の人だしな。もう落ち着いたんじゃないか」

「そっかあ。渋澤くんならあっさり慣れて、ベテランの域に達してそうだよね」

昔から同期の中でも仕事のできる奴だった。人との付き合い方もスマートだったし、それでいて気配り上手でもあった。料理ができないという点以外は非の打ち所がないくらいだったが、今ではその弱点も克服済みだ。恐ろしいことである。

俺にとっての東京は、途方もない大都会という印象しかない。修学旅行などで行ったことはあるが、住んだことは一度もない。雪が降らないとか梅雨があるとか、そういう話は以前から聞いていても、実際暮らしたらどんな感じなのかは渋澤から教えてもらうまで一切知らなかった。

そして渋澤が言うには、北海道には当たり前のようにあるものが、東京ではなかなか見つからなかったりするらしい。

「東京に引っ越したばかりの頃、ジンギスカン用のラム肉探したって言ってたんだよ。タコザンギも食べたくなって店探したけど、いいのがなかったって」

起きてから、後程レシピを送る約束を記して返信したところ、渋澤もすぐに返事をくれた。

『助かるよ、ありがとう。ずっと食べたかったんだけど、こっちじゃなかなかいい店が見当たらなくてさ。一海《かずみ》にも食べさせたかったし、僕もそろそろ揚げ物デビューしようかと思って』

まあ予想はしていたが、避けてきた揚げ物料理を解禁する気になったのは多少なりとも奥さんに食べさせたいから、のようだ。渋澤は一海さんに、それはもうめろめろだった。ずっと会ってなくてメッセージと電話だけでやり取りしている俺ですら断言できるほど、会話と態度の端々から顕著に伝わってくる。

そして店にないのでは、作るしかないのも事実だ。

真琴もそう思ったようで、目を瞬かせながら尋ねてきた。

「そもそもザンギ自体、東京にあるの？」

「北海道料理の店もなくはないって言ってたけどな。食べてみて、違うと思ったのかもしれないし」

ザンギと唐揚げは似て非なるものだ。しっかり下味を漬け込んでから揚げるザンギに慣れていると、普通の唐揚げは味が薄く感じるだろう。衣を片栗粉と小麦粉、それに溶き卵で作るのも特徴的だと言われている。

なんにせよ、食べたがっているなら是非とも食べさせてやりたいものだ。

「タコザンギ美味しいもんね、私もお店でなら食べるよ」

真琴はその味を思い出したように唇をゆるませている。

「ザンギにして美味しい食材って結構あるよな。魚でもいけるし」

俺がそう応じると、好奇心に目を輝かせてみせた。

「お魚のザンギ気になる！　例えばどんなのが合うの？」

「どっちかっていうと白身魚が合うな。鮭とかホッケとか、この時期だとタラも美味しい」

淡泊な味の方が癖がなく、味もよく染みて美味しいザンギになる。身が柔らかく、骨が比較的取りやすい魚の方が作りやすいというのもある。

「タラでザンギ？　へえ……」

その味を想像してみようと試みたのだろう。真琴は朝食を取っていた箸をしばし止め、黙り込んだ。だがやがていたずらっ子みたいに破顔する。

「これは食べてみた方が早いね！　播上、今度作ってみてよ」

「いいよ。タコザンギも作ってみるつもりだったしな」

ちょうど渋澤に説明するのにザンギの作り方をおさらいしようと思っていた折だ。

二つ返事で了承する。

「やった！　楽しみにしてるね！」

「なら、頑張って美味しく作らないとな」

「播上が作ったものが美味しくないわけないよ」

そこまで信頼されていると、誇らしくもこそばゆくもある。冷えた頬を掻く俺に、彼女は嬉しそうに続けた。

「タコも作るなら、食べ比べして美味しかった方をお弁当のおかずにしようよ！」

「店で売る用の？」

「うん！　炊き込みご飯もそのまま食べて美味しいけど、おかずにザンギが入ってたら一層食が進むよ。私だったら絶対そう！」

それは俺だってそうだ。ザンギは万人受けするメニューだし、お弁当のおかずとしてもセンターを張れる実力がある。そして温めて食べるとより美味しい。冬のお弁当にはぴったりの食材だろう。

あとはタコとタラ、どちらが勝利を収めるかだ。


ザンギの試作をするために、スーパーでタコとタラをそれぞれ購入してきた。どちらもおろすところから自分でやる方が美味しいのは決まっているのだが、試作でそれをやると大量のザンギが作れてしまうので今回はタコの足、そしてタラの切り身で始める。

タラは切り身をそのままぶつ切りにして、タレに漬けるだけだ。他の献立にする時はやはり軽く塩を振って臭み取りをするものなのだが、ザンギのタレは薬味がたっぷり入っているので臭みを気にする必要はない。ちなみにザンギのタレは醤油、すりおろしのショウガとニンニク、刻みネギなどを合わせたものだ。あまり長く漬け込むとしょっぱくなり過ぎるので、一時間くらいが目安だろう。

一方、タコは少し下処理がいる。油跳ねと衣が剝がれるおそれを少しでも避けるため、下茹でを済ませておくのだ。

「茹でダコを揚げるんだね」

「そういうこと。生ダコより水分を減らし、揚げ時間を短くするんだ」

「でもちょっとかわいそう。茹でられた後で更にからりと揚げられちゃうなんて」

美味しく食べるためには仕方がない。むしろ俺たちには全ての食材を余さず無駄にせず美味しくいただく義務がある。

タコはすりこ木でよく叩き、繊維を断っておく。塩を一つまみ入れたお湯に入れて、大体三分くらい茹でておくのがいい。

突き詰めたことを言ってしまうと、楽をするなら茹でてあるタコを買ってきてそのまま揚げてもいいし、逆にとことん柔らかさにこだわるなら皮を剝いでしまってもいい。この辺りのアレンジは自由だが、東京でどんなタコが買えるかはわからないのでレシピを送る時には付記しておこう。

茹でたタコの粗熱を取ったら一口大に切り、こちらもザンギのタレに漬ける。

「なんかこのままでも美味しそう」

ポリ袋の中、タレに漬けられた茹でダコを見ての真琴の感想だ。気持ちは、ちょっとわかる。

先に揚げるのはしっかり漬けておいたタラだ。一旦汁気をふき取り片栗粉をまぶした後、溶き卵と片栗粉を混ぜ合わせた衣にくぐらせてから揚げる。この溶き卵を使うのが、普通の唐揚げとザンギとの違いの一つだと言われているそうだ。

油の温度は百七十度、揚げ時間は衣がきつね色に代わるくらいまでで、鶏肉で作るザンギほどには長くない。鶏肉で作る時はどうしてもごろっと大きなサイズにしたくなるので、鍋一杯に敷き詰めて油の温度を下げる行程が必要になるが、魚の場合はそこまでの手間は要らない。

「揚げ物の音っていいよね」

黄金色の油が泡立つじゅわじゅわという音、揚げたてのザンギが湯気と共に立てるしゅうしゅうという音が台所に響いて、途端に真琴がそわそわし始める。

「いかにも美味しそうな音がするよな」

「本当だよね。これ聞くだけでお腹空いてきちゃうもん」

それならぜひ味見をしてもらいたいところだが、揚げたてを頬張ればまた熱さに呻く羽目になるので、もう少し待ってからにしよう。

タラを全て揚げてしまったら、次はタコの番だ。こちらも打ち粉として片栗粉を一旦まぶしてから衣をつける。やはり溶き卵と片栗粉を合わせたものだ。

揚げ油の温度は百七十度でタラの時と同じだが、揚げる時間は更に短い。衣が乾くくらい、一分も揚げなくていいくらいだ。茹でてあるから火の通りは気にしなくてよく、ただ衣が美味しそうに揚がればいい。

「そんなもんでいいんだ……」

かつてタコザンギで辛酸を舐めた経験がある真琴は、なんだか悔しそうに唇をへの字にした。

「そうと知ってれば私も大爆発を経験せずに済んだのに」

「でも油断はしない方がいい。これで絶対跳ねないってわけじゃないから」

ただ生ダコをそのまま揚げるよりは危険を減らすことができる。渋澤もこれで安全に、そして美味しいタコザンギにありつけることだろう。

そして俺たちも試食の時間だ。今回は完成に合わせてご飯も炊いている。

しかもただのご飯ではなく、ホタテの炊き込みご飯だ。砥いだ米を昆布だしに浸し、醤油と酒で味をつける。具材はホタテ、それに千切りのショウガとニンジン、そして油揚げだ。具材を米の上に並べたら、あとはそのまま炊くだけ。それだけで美味しい炊き込みご飯になる。

炊飯器を開けると、立ちのぼる湯気と共にホタテの美味しそうな匂いが漂ってきた。だしや醤油、それに素材の旨味を吸った米はつやつやと光っている。具を崩さないようしゃもじで優しくかき混ぜた後、二人分の茶碗に盛り、ザンギをおかずに試食に入った。

まずは炊き込みご飯を一口、米だけを食べてみる。見た目の通り、ホタテや調味料の味や香り、それに油揚げのコクがしっかりと染みていた。炊き立てのご飯は柔らかく、湯気ごと噛み締め飲み込めばお腹の底まで熱くなってくる。

「ふあ、すごい炊きたてだね」

真琴もご飯を頬張ると、湯気を逃がすみたいに息を吐いた。

次にホタテをご飯に乗せ口に運ぶと、ほくほくと甘い貝柱やくにゃくにゃのヒモの食感が加わり一層美味しく感じる。他にもショウガのさっぱりした味、火の通ったニンジンの柔らかさ、そして程よく油が抜け、代わりに味が染みた油揚げと、食べるごとに違う味わいが楽しめるのが炊き込みご飯のいいところだ。

「炊き込みご飯にザンギって最高じゃない？」

そう言って、真琴がタコザンギにも箸を伸ばす。

俺もザンギを試してみることにした。タコは衣越しにうっすらと吸盤が見えている。

皮はからりと揚がっていたが、中身はくたくたと程よい弾力があった。タレの味も打ち粉のお蔭で上手く身にまとわりつき、濃いめの味つけに仕上がっている。

タラザンギの方は身がふっくらとしていて、タレが染み通っていた。淡泊だが脂の乗った白身に醤油ダレの味、そしてかりっと歯ごたえのいい衣がよく合う。

「どっちのザンギも美味しいね」

「本当だな。それに、炊き込みご飯と合う」

炊き込みご飯も味つきではあるが、やや上品な風味だ。食べていると少し濃い味のおかずが欲しくなる。そこにザンギが添えてあったら更に美味しく食べられるだろう。あえて魚のザンギというのも脂っこすぎなくていい。

ただ、どちらを選ぶかというと非常に悩む。タコもタラも美味しいし、魚介同士ということでホタテの炊き込みご飯とも相性がいいようだ。かといって両方を入れるのは難しいところだった。他に加えるおかずはあっさり、さっぱりした箸休め的な品を考えていて、揚げ物は一種類にしておきたい。

「食べ比べの感想、発表しあう？」

思案に暮れる俺に、真琴が身を乗り出してきた。

「俺はまだ絞り込めてないな。真琴は？」

正直に打ち明ければ、彼女はもったいをつけるようにゆっくりと切り出す。

「じゃあ私の意見言うね……タラザンギに一票！」

「お、意外だ。理由は？」

お店で頼むくらい好きだから、タコザンギを推すのかと思っていた。俺の催促に、真琴も気をよくした様子で続ける。

「まず、歯ごたえかな。タコはちょっと弾力あって、人によっては噛み切れないこともあるかなって。それに比べたらタラは柔らかくて噛み切りやすいし」

確かに、万人受けするおかずをと考えるなら柔らかさは大切だ。タコザンギもなるべく柔らかく仕上がるように下処理はしたが、冷めた後、そして温め直した後のことを考えるとタラの方が食べやすいだろう。

「味はどっちも美味しいよね。タコもタラも素材が活きてて、ザンギにぴったりだと思う」

真琴はそう言った後、得意そうに人差し指を立ててみせた。

「だから、最後の決め手は珍しさかな。タコザンギはお店でもよく見たことあったけど、タラザンギを食べたのは初めてだもん。お客様も『タラのザンギってどんな味かな？』って思うはずだよ」

彼女のそういう感覚はとても頼りになる。これまでだってそうだった。

「じゃあ、タラザンギにしよう」

「うん！」

俺の決断に真琴が頷く。二人で作ってきたお弁当のラインナップに、また一つ新しいものが増えた瞬間だった。


渋澤には後程、タコザンギのレシピを認《したた》めて送った。

できるだけわかりやすく、そして作りやすいレシピにしたからか、渋澤は美味しいタコザンギを揚げることができたようだ。後日、感謝のメッセージと共に、きれいに揚がったザンギ画像も送ってきてくれた。

「うわ、美味しそう……」

それを真琴にも見せたら、彼女は溜息の後でびっくりしたように笑う。

「渋澤くん、いつの間にかめちゃくちゃ料理上手になったね！」

「すごいよな、最早非の打ちどころもない」

同じ会社の同じ総務課で働いていた頃、俺は渋澤に劣等感を抱いていた。仕事でも交友関係でも、そして人間的にも渋澤は俺よりずっと出来がいい。羨ましいという気持ちが膨れ上がって、あいつの栄転を心から祝ってやれないことすらあった。

だが今となっては、料理さえ身に着けた渋澤がどこまで行くのか、その進化を見届けたいという気持ちにすらなっている。揚げ物をマスターしたらその次はパン焼きか、はたまた燻製か――そこまで行ったら俺も敵《かな》わなくなるな。

『いや、これでも結構大変だったんだよ』

別の日に電話をくれた渋澤へ俺と真琴の称賛を告げると、照れたような口調で謙遜された。

『揚げ物って本当に難しいし、後片づけも大変だよな。播上が油跳ねしないやり方を教えてくれたからキッチンはあまり汚れなかったけど、油を固めて捨てるのが案外大変で……』

「わかるよ。揚げ物って最後まで手間が掛かるよな」

準備から後片づけまでずっと気が抜けない料理の一つだが、その手間があるからこそ揚げ物は美味しい、とも言えるだろう。

『でも、播上のお蔭で美味しくできたし、一海にも喜んでもらえたよ。ありがとう』

電話越しに感謝を述べられ、今度は俺が照れてしまった。

「大したことはしてない。奥さんの口にも合ったならよかった」

『美味しい美味しいってたくさん食べてもらえた。実際、柔らかくて美味しかったからな』

どうやらあのレシピは渋澤家の食卓をも幸福にすることができたらしい。自分で作った料理を喜んでもらえるのも嬉しいことだが、こういう形で喜んでもらえるのもまた幸せだなと思う。

『やっぱりザンギって北海道の味だよな。懐かしくもなったよ』

渋澤はそう続けた後、少し笑ったようだ。

『ところで播上、元気にしてたか？　清水《しみず》さんも』

真琴のことを旧姓で呼ばれると少しくすぐったい。俺もかつてはそう呼んでいたから、あの頃の気持ちを思い出すからかもしれない。

「もちろん、元気にしてるよ」

俺はスマホを片手に、ちらりと視線を横へ向ける。爪の手入れをしていた真琴が顔を上げ、俺に向かって笑顔を見せた。

『それはよかった』

「そっちは？　渋澤も奥さんも元気なんだろ？」

『ああ、お蔭様で。相変わらず仲もいいよ』

渋澤はさりげなく言い添えた後、更に続けた。

『播上と清水さんも昔同様、仲いいんだろうな。聞かなくてもわかるよ』

「まあ……喧嘩するような出来事もなかったしな」

夫婦仲に言及されると途端に居心地が悪くなる。

別に、俺と真琴は何も変わっちゃいない。もちろん『メシ友』だった頃と付き合いたての頃、そして結婚した今が全て変わりないままかというとそんなことはなかった。

だが俺が彼女を必要としていること、そして大切に思っていることは昔と同じだ。

　俺が言いよどんだのを察してか、真琴は再びこっちを見てはにかみ、渋澤は声を立てて笑った。

『清水さんの話題になると、急に歯切れが悪くなるのも変わってないな』

　そこは突っ込まないで欲しい。誰も彼もが渋澤みたいに堂々と惚気られる人間ではないのだ。

「いいだろ別に」

『そうだな、お前らしくて安心するよ』

　渋澤はとことん楽しげに語った後、少し声のトーンを和《やわ》らげた。

『実は春にでも、函館へ旅行に行きたいと思ってるんだ。お前たちに会いに』

「え！　本当か？　それは嬉しいな……」

　俺が声を上げたので、真琴も傍まで寄ってきて、漏れ聞こえる渋澤の声に耳を傾け始める。

『ああ、ずっと会ってなかっただろ？　さすがに顔も見たいし、まだ結婚おめでとうと直接言えてないしな』

「それはお互い様だって。奥さんと一緒に来るんだよな？」

『当然。二人で行く計画だよ』

渋澤と会うのも本当に久し振りだ。もちろん一海さんとは初対面だから、お会いするのが楽しみだった。ぜひ二人を函館の美味しい食べ物でもてなしたいと思う。

『一海にも播上たちの話はしててさ』

と、渋澤は声を弾ませた。

『ぜひ一度お会いしたいって言ってたんだ。お前の店にも行ってみたいって』

「来てくれるとこっちも嬉しいよ。楽しみにしてる」

『そう言ってもらえてよかったよ』

ほっとしたように息をついた渋澤が、その後で思い出したように続ける。

『そうだ。今、函館を舞台にしたドラマやってるよな?』

荒砂律弥主演の、あのドラマのことだろう。真琴と顔を見合わせにんまりした後、俺は答えた。

「ああ。渋澤も見てるのか?」

『見てるよ、あれは面白いな。ヒロインの正体が全く読めない。一海は幽霊じゃないかって言ってるんだけど、僕は違う気がするんだ』

それから俺たちは例のドラマの、秋にだけ主人公の前に現れるヒロインについて意見を交換しあった。一海さんの幽霊説も頷けるところがあったし、真琴は復讐を考えているもののためらっている女性だと思っているらしい。俺は単に、秋のお彼岸に墓参りに来ている人じゃないかと言ったが、それは三人から一蹴された。そんなオチだったらちょっと寂しい、ということだそうだ。

「ちなみに、一話と二話にはうちの母さんがエキストラで出てる」

俺は言うつもりなかったが、真琴が言え言えとそそのかしてきたので打ち明けたら、渋澤には酷く驚かれた。

『え⁉　どこどこ、どのシーンに？』

「主人公がベイエリアを歩いて出勤するシーン。途中のレストランで食事してる家族連れかな」

『あとで見返しておく！』

そんなに意気込まなくてもいいのに。俺と真琴が録画を何度も再生し直し、目を凝らしてようやく見つけたくらいの、ほんの数秒の出演だ。佐津紀さん一家が一緒でなければ俺ですら母さんだとわからなかったかもしれない。そういう事実も一応言っておいたのだが、渋澤は妙に羨ましがっていた。

『すごいな、エキストラか。函館だとロケ地もすぐ見に行けるしいいよな』

なんでもある東京に住んでる人間に羨ましがられるのも妙だが、渋澤たちも聖地巡礼をしたくなったのかもしれない。

「こっち来た時、案内するよ」

だから俺はそう約束した。


ドラマの放送は店にも大きく影響し、マグロカツ弁当への問い合わせは未だに途切れていない。

今日も、俺が仕事前に買い物を済ませてから出勤したら、先に来ていた真琴が電話に出ているところだった。店の電話に向かってぺこぺこ頭を下げている。

「——申し訳ございません。マグロの漁期が終わる頃でして……」

どうやらまた、マグロカツ弁当への問い合わせだったようだ。俺は雪で濡れた髪を拭きながら、彼女とお客様とのやり取りに耳を傾ける。

「はい、もう終売となりますので、お取り扱いの予定自体がなくて」

十二月も半ばを過ぎ、戸井のマグロはすっかり在庫不足となってしまった。年末年始にはどこの飲食店でも高級食材や地元ブランド品の需要が高まり、希少な商品は入荷自体が難しくなる。またうちの店でも年末に向けて仕出しの注文が増えてくるため、お弁当の販売はタラザンギとホタテの炊き込み弁当に限定して行うことにしたのだ。

ただ、お客様の反応はまだ鈍いようだった。

「——あっ、来年ですか？　一応は……マグロの獲れ具合が影響するのではっきりとは申し上げられないんですけど、販売予定はございます」

真琴が答えたように、来秋のお弁当は既にマグロカツ弁当の再販と決まっている。『荒砂律弥が食べたお弁当がいい』という多数のご要望に応え、おかずも極力同じものを用意するつもりだ。

それにしても、来年まで待ってくださるというお気持ちはすごい。ファン心理というものはこうも熱烈なものなのだろうか。正直、俺も甘く見ていたところがあるようだ。

「では来年よろしくお願いいたします。――はい、失礼いたします」

そこで真琴が電話を切り、俺に苦笑を向けてくる。

「マグロカツ弁当へのお問い合わせ。『来年まで待ちます！』って言われちゃった」

それも仕方がない。マグロカツ弁当をお求めのお客様は、自分の好きな俳優さんが食べたものだからこそ、同じものを食べてみたいと思っているのだ。他の商品がありますが、ではなんの代わりにもならないだろう。

「タラザンギも美味しいんだけど、残念だな」

俺が悔しがると、むしろ励ますように彼女は手を振り上げる。

「大丈夫！　リピーターがつく味だから、一回売れればそこからは芋づる式だよ！」

芋づる式って、お客様相手には使いにくい表現だが――真琴が元気づけようとしてくれているのはわかった。俺も笑って、頷く。

「ありがとう。焦らず地道に販売していこうな」

「そうだね！　――ところで、駅前まで何しに行ってたの？」

「いや、ちょっと……お土産の下見に？　ほら、渋澤たちが来た時用に」

「……ふうん」

とっさのでまかせを、真琴は不思議そうにしながらも特に追及してこなかった。

本当はクリスマスプレゼントを買いに行ったのだが、当日まで彼女には内緒だ。

ただ、タラザンギ自体の人気がないというわけでもない。店まで来てくださったお客様の中には、代替商品でもザンギなら、と買っていってくださる方もいた。今日の午後にお越しの方々もそうだ。

「まあ、ザンギならいっか。揚げ物食べたかったし」

「腹減ってるし、買って帰ります」

顔立ちがまだあどけなく、大学生か、下手をすると高校生くらいかもしれない男女の二人連れだった。やはり荒砂律弥の食べたお弁当を食べたかったということだったが、そのために冬休みに入ってすぐ、雪降る中を店まで歩いて来てくれたという話だ。二人の頭や肩に雪が積もっているのを見ると申し訳なくなり、温かいお茶をお出しした。

「はあ、温まるぅ……」

俺と真琴がお弁当を詰めている間、若いお客様二人はお茶を飲み、小さな声で話をしている。

「こういうお店って入るの初めて。中で食べるとどのくらいするんだろ？」

「お年玉で足りるかな。結構高そうじゃん」

「そっかー。いつか来たいねえ、こういうとこ」

あいにくうちは高級店でもないし、夜間営業のお客様単価は平均三千円から五千円といったところだ。お酒を飲まないならもっと安く上がるだろうし、こちらのお若いお客様がたにもいつか、お気軽にお越しいただきたいと思う。

「ありがとうございました。お気をつけてお帰りください」

雪降りしきる中を帰っていくお二人を見送った後、真琴はしみじみ呟いていた。

「未来のお得意様になってくれるかもしれないね」

「そうだといいよな、本当に」

このタラザンギ弁当を気に入ってもらえたら、そうなるかもしれない。そういう気持ちで全てのお客様に接していきたいものだ。

結果として、タラザンギ弁当はマグロカツ弁当よりも出足の鈍いスタートとなった。全体的な売り上げ見通しも秋ほどには伸びないだろうと思われた。春夏の数字と比べればさほど悲観的になるような出足でもないのだが、やはり芸能人パワーはすさまじかったようだ。

「下駄を履かせてもらったってことだろうな、例の俳優に」

俺たちの売上報告を聞いた父さんは、納得した様子で顎を掻く。

「秋季の売れ行きは確かに好調だった。だがそれは水物だ、浮かれていいものでもないが落ち込むものでもない」

そうして俺と真琴に目を向けて、我が父ながらすごく不器用な笑い方をした。

「目先の数字に一喜一憂しすぎるなよ、正信《まさのぶ》。お弁当の売り上げ自体は春先と比べれば安定しているし、商売として根づいてきてもいる。これからも続けた方がいい」

どうやら、父さんからお墨付きをもらえたようだ。真琴はほっとしたのか、胸を撫で下ろしていた。

「ありがとう。そうするよ」

俺が深く頷くと、父さんは少しだけ瞼を下ろして何かを考え始める。言葉を選んでいたらしいとわかったのは、次に口を開いた瞬間だった。

「商売というのは絶対の正解なんてないものだ。その時々に選んだ方がいい道はあっても、それだけを選んでいれば安心、なんて答えは存在しない。だから一つのやり方に固執しちゃいけない。一つの結果にも固執しちゃいけない。ましてや俺たちの相手は天の恵みの食べ物、その年によって当たりはずれのあるものなんだからな」

「ああ」

俺はまた頷く。父さんの言葉を忘れないよう、心の奥底にしまっておくつもりだ。

今年出したお弁当を来年も同じように出せるとは限らない。不作も不漁も、またその逆もあり得るのが天の恵みというものだ。商売に絶対の正解はない――だから俺たちはこれからも、季節が変わるごとにお弁当について知恵を絞り、考えていかねばならない。

「お前たちならできるだろう」

父さんは珍しく、不似合いなくらい楽観的な口調で言った。

「大抵のことは乗り越えられるのが夫婦ってもんだよ」

それが一般論なのか、単に息子夫婦へ向けた前向きな励ましの言葉なのか、はたまた実体験に基づく実感というやつなのか、俺にはまだ判別がつきがたい。

ただ俺はその通りだと思うし、そうありたいとも思うから、やっぱり深く頷いた。

「心に留めておくよ」

俺の隣では真琴も、同じように深く頷いている。

「私も、そう思います」

すると父さんはちょっと照れたように目を逸らしつつ、満足そうな顔をしてみせた。

クリスマスが近づくと、函館の街はきれいに雪で覆われた。

路面電車の線路の上を、雪を掃くササラ電車が走り抜け、イルミネーションが点る湯の川の景色も一面銀世界になる。湯の川温泉電停近くの足湯から立ちのぼる湯気も一層濃く白くなる季節だ。

十二月の間は降っては解け、また降っては解けを繰り返してきた雪は、サンタクロースの来訪に備えるかのようにクリスマス前に根雪になる。こうなると春が来るまではまず消えない。トナカイも安心してソリを引くことができるだろう。

「今年も無事にサンタが来るな」

クリスマスイブの夜、部屋の窓から雪景色を眺めて呟くと、真琴は思い出したみたいに顔をゆるませた。

「播上も子供の頃、すごく心配してたんだよね。雪が積もらないとサンタさん来ないって」

「……母さんから聞いた？」

「うん」

俺の子供時代の恥ずかしい出来事はほぼ大方、真琴に知られてしまったようだ。卒業アルバムも一通り見られたたし、最早恐れるものもない。どうせ母さんの口に戸は立てられないし。

「真琴はいくつまでサンタを信じてた？」

俺の問いに彼女は、今度は嫌な思い出が蘇ったように顔を顰める。

「私、小四まで。すぐ上のお兄ちゃんにばらされた」

「きょうだいがいるとそういう危険があるんだな……」

ちなみに俺は五年生まで信じていた。といってもそれまで一度も疑わなかったわけではなく、父さんと母さんが店に行っている間、俺が一人で寝つく直前までは何もなかった枕元に、夜明け前にふと目覚めたらプレゼントが置いてあった時はちょっと怪しんだものだ。二人が帰ってくる頃とプレゼントが置かれるタイミングが重なりすぎている。小三の頃、俺はふとサンタの実在に確信が持てなくなった。

そこで俺が考えたのは、サンタが家に来たという証明を求めることだった。

「サンタさんに『サインをください』って手紙を書いて、枕元に置いておいたんだ」

そう打ち明けると、真琴が愉快そうに目をきらきらさせる。

「書いてもらえた？」

「ああ。きれいな英語の筆記体で『サンタクロース』って書いてあった」

大人になった今では、サンタは英語を使うのかとか、そもそも日本語の、それも拙い子供の字を読めるのかとかいろいろツッコミどころが見えてくるものだが、純真だった播上少年はその手紙を小学五年生になるまで信じていたのだ。騙されやすいにも程がある。

「でもいいね、そのやり方。面白いし、説得力あるし」

真琴はひとしきり笑った後、妙に感心した様子で続けた。

「私たちもやろうよ、子供ができたら。疑うそぶりみせたら手紙作戦で！」

その言葉にはっとする。

俺も先日、少しだけ考えた。俺たちの間にもいつか子供が生まれて、親になる日が来るのかもしれない――俺が一人で考える分には想像でしかなかったが、真琴に言われるともっとはっきりとした予感になる。いつかの未来に本当に起こりうることかもしれない。案外遠い日の出来事でもないかもしれない。そう思うと幸せでも、少し恥ずかしくもあったが、同時に責任感みたいなものも湧き起こる。

どう考えても俺は話し上手な父親にはなれそうにない。でも父さんのように、大切なことは言葉にしてちゃんと伝えられる存在になりたいと思った。

「ああ、そうしよう」

俺が頷くと、真琴はどこか安心したように目を細める。

「楽しみだね、播上」

そしてその夜は、彼女なりの完璧なサンタ計画を気の済むまで語りながら眠りに就いた。店に出た後だったから疲れてもいたのだろう。俺が気を揉むまでもなく、すんなりと寝ついてくれた。

俺の方が先に寝てしまったらサンタの務めを果たせなくなる。今夜のためにプレゼントを買ってきたのだから――俺は今日まで家の中に隠しておいた包みを、眠る彼女の枕元にそっと置いた。暗がりの中、プレゼントに添えられた細いサテンのリボン飾りがつやつや光って見える。

その後は静かに布団へ戻り、彼女の寝顔を眺めつつ、起きた時の反応を楽しみにしつつ、いつの間にか俺も眠ってしまって――。

気がつくと、優しく揺り起こされていた。

「ね、朝だよ。起きて」

耳元で真琴の囁く声がする。重い瞼をどうにかこじ開けると、目の前で彼女が微笑んでいた。

「おはよう……」

寝ぼけた声しか出せない俺に、真琴は嬉しそうに指を差す。

「おはよ。見て、サンタさんが来たよ」

その言葉で寝る前の記憶が蘇ってきた。そういえば彼女の枕元にプレゼントを置いたんだっけ。真琴、もう開けてみたかな。喜んでくれるといいな。そんなことを考えながら身を起こすと、枕元にはプレゼントの包みがあった。

俺が置いた小さなものと、その隣にまるで覚えのない大きな包みも――。

「え？」

戸惑う俺に、真琴は堪えきれなくなったか声を立て笑う。

「私たち、お互いにサンタさん来たみたいだよ」

それですっかり目が覚めた。

俺が蔭でプレゼントを用意していたのと同じように、真琴もまたこっそり用意していてくれたようだ。一緒に住んでいるのに全く気づかなかった。そしてこういうサプライズはなんというか、胸に来るものだ。

「ありがとう……開けてみてもいいか？」

感激しながら尋ねると、彼女はすぐに頷いた。

「こちらこそありがとう！　早く開《あ》けよ、私待ってたんだよ」

これ以上待たせても悪いので、俺は自分の枕元にあった大きな包みを、包装紙を破かないよう丁寧に開く。中に入っていたのはアウトドアブランドの防寒用手袋だった。黒い手袋はちゃんと防水加工もされているそうで、履いてみると中はフリース素材でとても暖かい。

「すごくいいな、これ。ありがとう」

改めてお礼を告げれば、真琴は少し得意げな声で応じる。

「いいでしょ、雪かきにも使えるように防水手袋にしたんだ。播上はあんまり手袋してないけど、大事な手なんだからしっかり守った方がいいと思って」

俺が出かける時に手袋をしないのは手を繋ぎたいからだったのだが、雪が積もった今ではそうも言っていられないだろう。転んで手をついた時に怪我をしないよう、真琴がくれた手袋を愛用するつもりだ。

一方、真琴も既にプレゼントを開けていて、わ、と小さく声を上げた。

「イヤーカフ？　え、すごい、可愛い……！」

そうして彼女はさらさらの細い髪をかき上げ、剝き出しになった耳の輪郭に、金色のイヤーカフを被せるように付けた。小鳥を模した透かし彫りのイヤーカフは朝の光に鈍く輝き、彼女の小さな耳に止まって、羽を休めているように見える。

「……似合うかな？」

恥ずかしそうに真琴が尋ねてきたから、俺は深く頷いた。

「すごく似合う」

動物柄が好きな彼女なら絶対喜んでくれるだろうと思って選んだ。アクセサリーなんて自分用のタイピンくらいしか買ったことがなく、ましてや女性用は初めてだ。だから店頭で商品を選んでいる時から会計する時まで、ずっと緊張のし通しだった。

「わ、どうしよう。まだ顔も洗ってないし髪も梳《と》かしてないんだった……」

真琴はそう言いつつもはにかんで、俺の視線を受け止めるように目を伏せる。小鳥のイヤーカフは昔から彼女のものだったみたいに馴染んで、本当によく似合っていた。

その姿をしばらく眺めて、いいサンタになれたかな、としみじみ思う。

もちろん俺のところにも、とびきり可愛くていいサンタクロースが来てくれた。

慌ただしい師走を駆け抜けるように過ごし、俺たちは新しい年を迎えていた。

「あけましておめでとう、播上。今年も仲良くしようね！」

一番最初に新年の挨拶を交わした相手は、もちろん真琴だ。

「あけましておめでとう。こちらこそ、今年もよろしく」

北海道の長い冬は今がまさにピークで、今朝は外に出るだけで頬がぴりぴり痛むような冷え込みだった。葉を落として丸裸になった街路樹の梢《こずえ》越しに、氷のように冷たい青空が広がっている。足元は踏み固められた雪でつるつるに光っており、道産子の俺たちも慎重に歩かねばならなかった。俺は真琴から贈られたあの手袋を装備して、いつ転んでもいいように備えている。

それでもこの元日、俺たちが朝から家を出たのには理由があった。近くの神社まで初詣に行くためだ。

「湯倉《ゆくら》神社行くなら、お神札《ふだ》をいただいてきてくれないか」

大晦日に会った時、父さんからそう頼まれている。どのみちお参りには行くつもりだったので快く引き受けた。

湯倉神社は湯の川電停から徒歩一分、電車を降りたらもう目と鼻の先に鳥居がある。石垣の上に建てられた神社で、急勾配の石段はきれいに雪かきがされていた。社殿の前にはいくらか行列ができていて、俺たちもその最後尾に並ぶ。すると一分も経たないうちに最後尾ではなくなった。

「ここってどんな神様が祀《まつ》られてるの？」

真琴がマフラーに鼻先まで埋めながら尋ねてくる。今日の彼女はシマエナガのマフラーの他にもダウンコートにミトンの手袋、足元もふかふかのファーつきブーツと相当に『まかなった』装いだ。外で長く並ぶことも覚悟してこの服装にしたとのことだった。

そして耳には小鳥のイヤーカフを付けている。元日の朝の光を跳ね返して、金色の小鳥はいつになく美しく輝いていた。なんだか神々しくさえ見えてくる。

「温泉の神様だよ。大己貴命《おおなむちのみこと》と、少彦名神《すくなひこなのみこと》」

湯倉神社はここ湯の川温泉の発祥の地だという話だ。昔、ここで温泉を見つけて湯治をした木こりが、薬師如来像を作り祠《ほこら》を建てたのが始まりらしい。

そして大己貴命と少彦名神と言えば、神話で温泉を見つけた神様として知られている。湯倉神社以外にも日本の温泉地にある神社には大体このお二方が祀られているそうだ。

「なるほどね、温泉町だからかあ」

真琴は真面目な顔で頷いている。

「湯の川にとって温泉は、なくてはならないものだもんね」

「そうだな。うちの店だって温泉あっての経営だ」

温泉があるからこそ湯の川には温泉街ができ、うちの店も長く続けてこられた。だから年の始まりにはお参りをして、去年一年間の感謝と穏やかな新年を祈願しに来る。去年は俺一人だったが、今年は真琴と一緒だ。そのせいか去年よりも、待ち時間が全然苦にならなかった。

無事にお参りを済ませ、お神札をいただき、更におみくじも引いてみる。俺は吉、真琴は中吉でお互いなかなかの結果だ。『願いごと　何事も叶う』『商売　繁昌する』『失せもの　出てくる』といいことばかり書いてあったので、気をよくして神社を後にする。

帰宅後、二人で遅い朝食を取ることにした。俺たちも道民らしく大晦日にはお寿司やお節で豪勢に祝ったので、お正月は簡単なもので済ます。ちょうど今夜は実家で夕飯に招かれていて、恐らくお節とお雑煮が出るだろうと思われたので、朝食には違うものを食べることにした。

以前真琴に約束していた、道南名物ごっこ汁だ。

ホテイウオのぷるぷるした身と小さな卵を昆布だしの醤油ベースで煮込んで食べる。うちではこれにジャガイモや大根などの根菜、それにワカメやネギも足す。湯気の立つ汁を啜ると、流れ込んでくる小さな白い魚卵が口の中でぷちぷちと音を立てる。ホテイウオは卵も身も意外なほど癖がなく、あっさりと食べられるのもいい。

「すごい、これはどう見てもコラーゲン満載！」

真琴がホテイウオの身を箸で摘まみ上げて唸る。黒い薄皮と半透明の身は箸の先でもぷるぷるとゼリーみたいに震えた。ぱくっと勢いよく口に運んだ真琴が、すぐに目を丸くする。

「わ、しゅるっと溶けるんだね。美味しい！」

「見た目通りの食感だよな」

「うん。これで新年早々美肌になれそう！」

そう語る彼女の頬はごっこ汁の温かさでほんのり上気している。その肌はいつだってつるつる、すべすべしているはずだが、コラーゲンを摂取したら何か変わるのだろうか。注視していきたい。

「ところでさ、今日神社行って思ったんだけど」

「うん」

「温泉の神様がいるなら、お弁当の神様もいるのかな」

ふと真琴が、そんなことを言い出した。

「お弁当の神様？　どうだろう、食べ物の神様はいるだろうけど」

五穀豊穣を神様に祈ることはあっても、お弁当の出来を祈ったことは全然ないな。今日だって家内安全と商売繁盛、あとは真琴と二人で平穏に暮らせますようにと祈ったくらいだ。

でも、真琴はごっこ汁を食べながら楽しそうに続ける。

「八百万《やおよろず》の神様がいるなら一人くらい、お弁当を司《つかさど》る神様がいてもいいと思わない？」

「まあ、いるかもしれないな」

そんなピンポイントな神様がいるかどうかはわからないが、想像してみるのは面白いかもしれない。俺も話に乗って応じる。

「そもそも、お弁当一つで神様なのかな」

「あ、主食の神、主菜の神、副菜の神……っているかもしれない？」

「可能性はありそうだ。で、神様同士が喧嘩すると弁当箱の中身がぐちゃぐちゃになる」

「そっか！　あれって神様の喧嘩であぁなってたんだ」

真琴は朗らかな笑い声を立てた。新年早々、この笑顔が見られて嬉しい。

俺もつられて唇をゆるめた時、彼女は少し眩しそうに俺を見た。

「でもさ、私、お弁当の神様がいるなら、播上にそっくりだと思うな」

「……え？」

それはさすがに買いかぶりすぎだ。俺が目を剝いたからか、真琴ははにかみながらお椀で口元を隠した。

「変かな。なんかふっとそう思ったんだけど……」

「変、っていうか。俺なんて全然そこまでじゃないよ」

謙遜でもなくそう思う。俺にはまだ学ぶべきこと、積むべき経験が山ほどある。お弁当作りを趣味で楽しくやっていた頃とは全然違って、仕事に、商売にすることには苦労も悩みも尽きなかった。それでも、趣味ほどではなくても楽しく、そして充実してやれているなと思うのは、真琴がいてくれるからだ。

去年一年間、彼女はずっと俺の傍にいてくれた。俺を励ましたり元気づけてもくれたし、俺が到底思いつかないようなアイディアだってひらめいていた。

だから、もしもお弁当の神様がいるのなら。

「俺はその神様、真琴によく似てるはずだと思う」

そう告げると、てっきり笑い飛ばすかと思った彼女はきょとんとしてみせる。

それからくすぐったそうな顔をして、優しい声で言った。

「お互いにそう思ってるの、なんかいいね」

新しい年が来ても函館に吹く潮風は冷たく、冬の終わりはまだ遠いことを肌で感じる。

だが胸の奥はほんのり暖かくて、しみじみと湧き起こるような幸福を覚えていた。

今年も俺たちにとって、とてもいい年になりそうだ。


同窓会は一月四日の夜に催された。

集まったのは俺と熊谷を含めて十二人、函館以外からやって来た人も半分近くいる。

その日はうちの店を貸し切りにして、みんなに料理とお酒を楽しんでもらうことにした。もちろん懐かしい思い出話もだ。

久し振りに会う元クラスメイトたちは、高校時代の面影がある奴もない奴もいた。どちらかというとない奴の方が多めだ。卒業から十年以上も経つ今、高校生だった頃と何も変わらない人間なんてそうそういないものだろう。

「でも播上くんは全然変わらないね！」

加藤さん——現在は結婚して水島さんは、乾杯の後で真っ先にそう言ったものの。

「そうかな」

俺は異を唱えようとしたが、熊谷がすかさず横槍を入れてくる。

「な、変わらないよな？　本当にあの頃の面影そのままだよ」

そんなはずはない。俺だって成人もしたし会社員勤めを経て故郷へ帰ってきて、おまけに結婚までするほど歳を取っている。しかも今日は一応仕事だからちゃんと作務衣だって着ていた。いくらかは見違えていなければおかしいはずなのだが、なぜか会う奴会う奴『変わっていない』と評してくる。

「昔から老成してるっていうか、ちょっと落ち着いてたもんね」

納得した様子で語る水島さんこそ、俺の記憶と比べるとすっかり大人になったように見えた。

というのも、クラスメイトだった高校時代ですら俺は彼女とまともに話をしたことがない。加藤さんはクラスでも特に真面目な女子グループの一員で、潔癖さゆえか男子とは距離を置きたがっていた。そもそも女子と交流を持たない俺や熊谷のような男子にとっては、ひたすら近づきがたい存在だったと記憶している。お蔭で俺も『漢検頑張ってたな』くらいの印象しかなかった。

だがそんな彼女もすっかり温和で優しそうな人になっていて、俺や熊谷とも和やかに会話ができている。聞けば現在は函館市内のケーキ屋で働いているという。

「これ、播上君の奥様に。場所代って言うとあれだけど」

と言って真琴にお土産の洋菓子を手渡してくれて、俺としては恐縮するばかりだ。

「ありがとう。悪いな、気を遣わせて」

「いいのいいの。大勢で押しかけて騒がしくするんだし、このくらいはね」

「ありがとうございます。あとで美味しくいただきますね！」

茶衣着姿の真琴が嬉しそうに微笑んで、お菓子を奥へしまいに行く。

その後ろ姿を見送った東海林が、急に大仰《おおぎょう》な溜息をついた。

「いいな、播上。可愛い奥さん貰ってさ」

「いや、まあ、うん」

歯切れが悪くなる俺を見て熊谷がにやっとしたが、東海林はそれに気づかなかった
ように首を竦める。

「こういうの見ると、俺も結婚しとけばよかったなって思うんだよな」

高校時代はサッカー部で活躍し、後輩に人気があった東海林だが、現在はまだ独身
らしい。ただ付き合っている相手はいるそうで、お互い仕事が忙しくてなかなか踏み
切れないと零していた。

「相手がいるだけいいだろ、羨ましい」

熊谷が冗談交じりの口調で羨むと、東海林はしたり顔で応じる。

「いたらいたで別の悩みがあるんだよ。恋愛と結婚は別物なんだから、勢いだけじゃ踏み切れない」

「案外、踏み切ったらどうにでもなるんじゃない？」

既婚の水島さんにアドバイスをされても飲み込めないようで、苦笑いを返していた。

「あとで悔やむようなことになったら相手にも悪いだろ。やっぱり悩むって」

昔は毎日やたら元気でうるさいくらいだった東海林が、こうしてみんなに愚痴を零す姿は意外だ。それも大人になったからか、それとも酒が入りだしたからだろうか。

だがしんみりしそうになる空気を混ぜっ返すように、熊谷が尋ねた。

「そうだ、会ったら聞こうと思ってたんだよ。東海林、卒業式の日に買った予備ボタンはどうなった？」

「何、それ？」

水島さんにも怪訝そうにされて、東海林は慌てたように手を振る。

「なんでそんなこと覚えてんだ……いいよその話は！」

「お前、『後輩からボタンねだられるから予備買っとく』って言ってただろ。結局使ったのか？」

熊谷は追及の手をゆるめない。去年も電話で言っていたから、よほど印象に残っていたエピソードだったのだろう。

それでも東海林は黙秘を貫こうとしたが、実は言いたくないわけでもなかったのかもしれない。ふと口元をゆるませたかと思えば観念したように口を割った。

「わかったよ――使わなかった！　誰も貰いに来てくれなかったからな」

「マジか！　じゃあ買い損だったんだな」

「けど、サッカー部の後輩に譲ってやった。ありがたがってもらえたから結果オーライ！　以上！」

ほんのり痛いエピソードを掘り起こされ、東海林はやけくそ気味に笑っている。熊谷は自分で聞いておきながら同情的な顔をしているし、水島さんはツボにはまったのか肩をぷるぷる震わせていた。

しかし痛いエピソードなんて東海林に限らず誰しも持っているものだ。俺も掘り起こされないように気をつけよう、そう思いながら料理を出すタイミングを窺っていると、店の隅で座り込む姿があった。広い背中を持て余すように丸くしている、湯浅だ。

「正《まさ》ちゃん。あちらの子、具合でも悪いんじゃ……」

母さんが心配して囁いてきたので、俺はそっと様子を見に行く。

背後から覗いてみると、湯浅はスマホで通話を――しかもビデオ通話をしているところだった。

『パパ、明日帰ってくる？』

画面にははっきりとは見えないが、小さな子供の顔が映っている。湯浅は稚内市の隣、豊富町《とよとみちょう》で酪農をしているらしく、今では結婚もして一児の父親だそうだ。同窓会のために単身帰省したものの、残してきた子供が可愛くて仕方ないらしい。

「パパは明日帰るよ。でも時間掛かるから着くのは夜遅くになるなあ」

『起きて待ってる！』

「だめだめ、寝て待ってて。お土産たくさん持って帰るから、ママの言うこと聞くんだよ」

声音《こわね》だけでもわかるでれでれぶりに、俺たちも微笑ましい気持ちになる。

「湯浅くんもすっかりいいパパだね」

「高校時代からすると想像つかないよな。湯浅が父親か……」

「いや結構面倒見いい奴だったじゃん。むしろしっくりくるよ」

高校時代の湯浅と言えばとにかく食いしん坊キャラで知られていた。学園祭の模擬店メニューを二日間で全制覇したり、学校近くのコンビニ弁当を食べ比べて『湯浅ミシュラン』を発表したりと愉快な思い出しかない。俺はまあ普通に話すという感じで特別仲が良かったわけでもないのだが、卒業式の日に声を掛けてもらった覚えはある。

『播上が店継いだら必ず行くよ、俺』

まだ継いではいないものの、半分は約束を叶えた、というところだろうか。

「ごめんごめん、うちの子が寂しがってるってヘルプコール入っちゃってさ」

席に戻ってきた湯浅がみんなの顔を見回した後、俺に向かって尋ねる。

「ごちそう、俺待ちだったんじゃない？　待たせた分がんがん食べるから！」

そう張り切られると作る側としても料理の出し甲斐があるというものだ。俺は頷き、真琴と一緒に次々と料理を運び出す。

今日のメインはお弁当にも入れていたタラザンギだ。やはり旬のものを出すのが一番いいし、酒が出る席に揚げ物は格好の肴となる。その他に道南の冬の風物詩であるごっこ汁や、北海道らしくジャガイモやタケノコを入れたおでん、ワインに合わせた真ガレイのアクアパッツァなどを用意していた。

特にからりと揚げたタラザンギは来てくれたクラスメイトたちにも好評だったようだ。

「このザンギ美味しい！　なんのお魚？　へえ、タラなんだ！」

「タラって揚げても美味いのか。湯浅、お前的には星いくつ？」

「もちろん星三つでしょ！　いや四つ、五つでもいいかな」

食べるペースが速い湯浅はアルコールの回りも早いのか、めちゃくちゃなことを言ってくれる。

「お前の星の最大値っていくつだよ」

カウンター越しに尋ねた俺に、真っ赤な顔で笑って答えた。

「星ってのは美味しいものの数だけ増えるんだよ」

食べたがっていたマグロカツを出せないことを申し訳なく思っていたのだが、これはこれで気に入ってくれたようでよかった。

「このザンギはお弁当でも出しているんです。よかったら今度買いにいらしてくださ い」

真琴が宣伝の言葉を添えると、すかさず湯浅が食いつく。

「明日、帰る前に買っていこうかな。お弁当何時から売ってます?」

「大体お昼前くらいから出してますけど、早めに作っておくこともできますよ」

「あ、じゃあ予約していきます。午前の特急で帰るんで」

早速予約までいただけた。ありがたいことだ。

「だけど、播上はちゃんと夢を叶えてて偉いよなあ」

宴もたけなわの頃、熊谷が不意にぽつりとつぶやいた。下戸なので飲み物はずっとソフトドリンクなのだが、気づけば湯浅に負けないくらい赤い顔をしている。おでんやごっこ汁で身体が温まったからだろう。

「卒アルに載ってた作文通り、ちゃんと店を継いだんだから」

「まだ継いだわけではないけどな」

そう応じる俺の横で、真琴がくすっと笑った。彼女は既に卒業アルバムを隅から隅まで熟読しており、高校時代の俺が書いた『将来の夢』的なものも知ってしまっている。

まだうちの店には大将たる父さんがいて、今日も厨房で包丁を振るっていた。父さんが元気なうちは『店を継いだ』とは言わないだろうし、俺ももう少し先の話でいいと思っている。今はもっと技を盗み、磨いておきたい。

「言ってたもんな、料理人になるって。実際なったんだからすごいよ」

感心したような東海林の言葉に、水島さんも同意を示した。

「高校時代の夢叶えられる人ってなかなかいないよ。私だってほら、学校の先生になりたかったのに」

「俺なんて牛飼うとは思ってもみなかったし。そう思うと、あの頃話していた夢が実現してるって相当すごいことだよな！」

湯浅も噛み締めるような口調で語る。

「いいなあ、そういう人生って憧れだよな……」

そこで熊谷が、少し羨ましそうにしていたのが印象的だった。

でも俺だってここまで順風満帆に生きてきたわけではない。孤独だった大学時代を経て、苦労の多い会社員時代もやり過ごし、迷ったり悩んだりしながら辿り着いたのが今だ。もちろん今は最高に幸せだと言えるが、それがずっと続いてきたわけではなかった。

　みんなだってそうなんだろう。俺が迷ったり悩んだりしていた頃、同じように煩悶していたこともあったかもしれない。ずっと順風満帆で来ていたのに、いきなり壁にぶつかったことだってあったはずだ。そうやって人生のいろんな山谷と年月を潜り抜けてきたみんながここにいる。

　高校時代以来の再会で、酔っ払った顔を見たのは誰もが初めてだ。でもその顔はみんな素敵で、そして満ち足りているように見えた。

「みんなだってすごく幸せそうじゃないか」

　俺がそう言ったら、待ってましたと言わんばかりに酔っ払いたちが身を乗り出してくる。

「もっちろん幸せだよ！　そうだ、うちの旦那の写真見る？　超イケメンなんだから！」

「じゃあ俺は彼女見せようっと。可愛すぎるから腰抜かすなよ」

「ここはうちの子の寝相を公開する流れか。見てこれ、ダンサーの素質があると思わん？」

「俺、なんもないからワインの写真出しとくな」

　みんなが口々に自慢しあい、スマホに保存した画像を見せあう流れになった。みんなの家族や恋人を見せてもらって感心したり、熊谷が投げやりに出した一本十万円のワイン画像から味を想像してみたり、また料理を味わってもらったり——その夜は騒々しくも楽しい夜になった。

　ちなみに俺は店にスマホを持ち込まないので、保存してある真琴の画像をみんなには見せずに済んだ。ただ馴れ初《そ》めをしつこくしつこく問いただされるのには本当に参ってしまった。

「単に前の職場で同期だっただけで……特に珍しいことは全然ないよ」

　実際、ドラマのような劇的な出会いなんてなかったのは事実だ。だがそれでもみんなはなぜか聞き出したがるし、特に熊谷がしつこい。

「だから！　その『珍しくないこと』が聞きたいの俺は！」

　下戸のくせに酔っ払っているみたいに絡む様子を見て、水島さんが笑い出す。

「播上くん、これ正直に言わないと逃げられない流れかもよ」

「言っちゃえ言っちゃえ。ほら、奥様もにこにこしてるし、大丈夫だって」

　次いで東海林がそそのかしてきて、俺は真琴の方を振り返った。

　みんなに詰め寄られて防戦一方の俺を見ているはずなのに、真琴は確かに笑っている。目が合うとねぎらうような、励ますような眼差しも向けてくれた。そうして指で小さく丸を作って――あれは『言ってもいいよ』のサインだろう。

それで俺も覚悟あるいは諦めがついて、最小限の情報を打ち明けた。

「会社に弁当持って通ってたんだけど、彼女も弁当派でさ。それがきっかけで話すようになって、一緒に食べながらおかずの交換とかしてて――」

たったそれだけしか話していないのに、みんな揃いも揃って身を乗り出してくる。

「え、お弁当繋がりって播上くんらしくていい！」

「徹底してるよな。どこまでも料理がきっかけなのか」

「たったこれだけ話すのに、なんで耳まで赤くなってるんだよ」

水島さんにはしゃがれ、東海林には納得され、湯浅には目ざとく突っ込まれて、俺はそれ以上何も言えず顔を背けた。

そりゃあ言葉にしてしまえば『たったこれだけ』でも、実際には数えきれないくらいの出来事があったんだ。一緒に働き、メシ友をやっていた五年間、その後にやってきた遠距離恋愛の一年間、そして結婚してからの九ヶ月でどれほどの思い出ができたかなんて、今夜だけでは語り尽くせそうにない。そもそも恥ずかしいから言いたくもないが。

「よし、俺は今夜、播上からプロポーズの言葉を聞きだすまで帰らないぞ」

腕組みをした熊谷の宣言をみんなが囃し立て始める。

すかさず俺も宣言し返した。

「絶っ対言わないからな！」

なぜか真琴はお腹を抱えて笑っている。何が面白いのかわからないが、彼女までやけに楽しそうだ。

この日も連日のように氷点下の気温だったが、お蔭ですっかり蒸し暑い夜になった。

5、初めてのお弁当作り

三月は、暦の上では春だという。

でも北海道の三月は冬の一部だ。函館では雪の降る量も減ってはくるが、根雪も普通に残っている。日中の気温はようやくプラスに転じる日もあるものの、日が落ちればまた氷点下に逆戻りだ。春の気配はどこにもない。

ただそんな寒さの中でも、各種行事は本州とほとんど変わらず暦通りに行われる。桜の咲く様子がなくても卒業式はやって来るし、卒業証書を握り締めて歩く学生たちはみんなコートやダウンを着込み、解けきらないざくざくの雪道を危なげなく歩いていった。

店の前を雪かきしている最中にも式帰りらしい学生の姿を見かけ、ふと懐かしさが込み上げてくる。三月は巣立ちの季節だ。俺にもそんな頃があった。

「卒業式だったみたいだね」

雪かきスコップを握る真琴《まこと》が、白い息を吐きながら言った。

俺も除雪の手を止め、学生たちの後ろ姿を目で追う。

「三月の初めだし、そうだろうな」

「高校生かな?」

「ああ。俺の母校の制服も見かけた」

「意外とみんな、泣いてないんだね。希望に満ち溢れた顔してる」

どこか感心したように彼女は言うが、俺はもちろん卒業式で泣くような人間ではなかったし、思い返してみてもクラスメイトたちが泣いていたという印象はあまりない。女子のごく一部だけが別れを惜しんで涙を零していたような記憶もあるが——俺が最も覚えているのは卒業式の日も熊谷《くまがい》と一緒に下校したことで、次に覚えているのは湯《ゆ》浅《あさ》に声を掛けてもらったことだ。ああそれと、東海林《しょうじ》が予備ボタンを購入してきたという話も。

振り返ってみれば、男子校でもないのに男子との思い出ばかり蘇ってきた。なんとも言えない青春を振り返る俺の顔を、真琴がそっと覗き込んでくる。

「播上《はたがみ》も、卒業式に素敵な思い出があったりする?」

「あるわけないよ」

そろそろ真琴も、俺の青春時代がいかに無風で地味なものだったか把握していてもいいはずなのだが、よくよく考えれば地味で無風ゆえに思い出を語る機会もあまりなかった。せいぜい熊谷と行った花火大会の話をしたくらいだ。

俺の答えを聞いた彼女は、寒さで赤くなった頬を膨らませる。

「私が同じ学校にいたら卒業式の日は絶対、播上にボタン貰いに行ったんだけどな」

面と向かってそんなことを言われると、反応に困った。

「そう言ってくれるのは真琴だけだよ」

俺が笑うと、真琴は苦笑しながら脇腹を突いてくる。

「私だけの方がいいよ。他にいたら戦いになっちゃう」

本当に、俺にこんなことを言ってくれる人がいて幸せだ。

言われてみれば同い年なのだから、俺たちが同じ学校に通っていた可能性というのも皆無ではないのだろう。俺が恵庭に、もしくは真琴が函館に住んでいたら、同じ高校に入ってクラスメイトとして過ごしていたかもしれない。実際はそんなことなかったからこうして一緒にいるのだが、真琴のいる高校生活、なんてものを想像するとそれはそれで悪くないだろうな、と思えてしまった。

ただ、仮に彼女が同じ学校にいて仲良くなっていたとしても、卒業式にボタンを貰いに来てくれるイメージはあまり浮かばない。やっぱり昼休みに一緒にお弁当を食べて、おかずを交換しあって、レシピを教えあったりする『メシ友』になっていたような気がする。

というか、真琴の実際の学生時代はどうだったのだろうか。ボタンを貰いに行くような青春があったなら、それはそれでちょっと、ほんの少しだけ複雑かもしれない。

過去に嫉妬するのもみっともないし全然気にしてはいないのだが。

気にしていないが、流れで聞いてみた。

「真琴は、卒業式に何か思い出があるのか？」

聞いておきながらどきどきしつつ答えを待っていると、彼女は唐突に顔を顰める。

「卒業式の日、家族で焼き肉を食べに行ったたくらいかな」

「いい思い出じゃないか」

「違うの！　私はお寿司がよかったんだけど、多数決で焼肉になったの！　二つ上のお兄ちゃんも大学卒業の時期だったから、民主主義で決めることになっちゃってさ……まあ美味しかったけどね！」

相変わらず清水《しみず》家のエピソードは微笑ましい。

内心、ほっとしたのは秘密にしておこう。

三月の初め、誰かにとっての門出の空は穏やかな晴れだった。薄雲越しに降り注ぐ陽射しはまだ弱く、根雪を解かすほどではない。それでも時折風が止めばふと暖かさを感じる瞬間があって、春が来る気配は確かにあった。

外はまだ雪景色のままでも、店で出すお弁当は季節の変わり目を迎えている。

ちょうど越冬野菜が出回り始める時期でもあり、俺たちはまた新しいお弁当を売り出すことにした。去年好評だった肉巻き弁当に加え、今年は新たに肉巻きカツ弁当をラインナップに加えている。要は味つけ前の肉巻き野菜に衣をつけて揚げるおかずなのだが、やはり揚げ物はお客様を引きつける力が強い。新作にもかかわらず肉巻き弁当と同じくらい売れ始めている。

「お昼にがつんと食べたい時ってあるもんね」

　真琴も納得の表情で語った。

「午後から厄介な仕事がある時とか、会議で大事な発表控えてる時とか。そういう時は揚げ物欲しくなるよ」

「わかる。パワーの源だよな」

　ここぞという時に食べたくなるのが揚げ物入りの弁当だ。そして働く人々にとって、『ここぞ』という場面は意外といくらでもある。三月といえば年度末、うちの店に来るお客様も忙しそうな方が多く、みんな大量のお弁当を買っては寒空の下を足早に帰っていった。

「わ、今日は早いね。もう売り切れ？」

「ああ。カツも肉巻きも終わり」

　ここのところ連日のように、午後一時ともなればお弁当が売り切れている。俺たちからすれば大変ありがたいことだし、お昼の短時間で売り切ってしまえるとその分休憩や夕方の開店に向けての仕込みの時間がたっぷり取れて、それもまたありがたい。

今朝は積雪があったので、アパートの駐車場と店の前の雪かきをしなければならず、いつもより腹が減っていた。真琴と話し合い、店を閉めたら少し早めのまかないご飯にしようと決める。

「お弁当のポテトサラダが残ってたな。あれと柚子大根と——薄切り肉も余ってたし、何かする？」

食材の残りに思いを巡らせつつ、リクエストを尋ねた。

真琴は少し思案してから、ぱっと顔を輝かせる。

「私も今日はしっかり食べたい！　ミルフィーユカツとかどう？」

「いいな、そうしよう」

薄切り肉を重ねてから衣をつけて揚げるミルフィーユカツは、食べ応えがあって空腹の日のランチにぴったりだ。豚肉には疲労回復に効果的な栄養素も含まれているし、彼女の言う通りしっかり食べて、夕方の営業に備えるのがいいだろう。

「じゃあ暖簾下ろしてくる」

「はーい」

俺は真琴に見送られ、一旦店の外へ出た。

そして風に震えながらも『ランチのお弁当あります』の札を店の戸から外し、暖簾を下ろす。

「あ、正信《まさのぶ》くん」

と、そこで背後から声を掛けられた。

振り向くと店の前に佐津紀《さつき》さんと、手を繋いだ健斗《けんと》くんの姿がある。親子でお揃いの、ネイビーの分厚いピーコートを着ていた。大人用の服をそのままミニチュアにでもしたような子供用コートが可愛くて、俺は自然と微笑んだ。

「ああ、こんにちは。お出かけですか？」

「こんにちは。お弁当、買いに来たところなんだけど……」

答えた佐津紀さんの視線は、俺が手にした暖簾に留まる。恐る恐るといった様子で聞き返してきた。

「もしかして、肉巻きカツ売り切れちゃった？」

その『もしかして』だ。俺は申し訳ない気持ちで頭を下げた。

「すみません、ついさっき売れてしまって」

「えー、そうなんだ！　この間買って食べたら健斗が気に入ったみたいで、また食べたいって言ってたんだけど……」

残念そうにした佐津紀さんが、次いで身を屈める。怪訝そうに成り行きを見守っている健斗くんに、まるで言い聞かせるように告げた。

「健斗、お弁当売り切れだって。じゃあパン買って帰ろうか？」

「……ないの？」

健斗くんがお母さんを見上げて問う。

「うん。だからパン屋さん寄ろう、メロンパン好きでしょ？」

佐津紀さんはあくまで明るくそう言ったのだが、健斗くんはもうお弁当の気分だったのだろう。顎を引くように俯《うつむ》いたかと思うと、その両目にみるみるうちに涙が溜まる。唇を震わせた拍子にぽろりと零れ落ちたので、俺の方が慌ててしまった。

「うわ、健斗くんごめん！　せっかく来てもらったのに――」

「気にしないで、ちゃんと話して聞かせるから」

俺なんかよりも佐津紀さんはよっぽど落ち着き払って、健斗くんの涙を拭ってあげている。そして優しく諭《さと》しはじめた。

「健斗、泣かないの。もうじき小学生でしょ。お兄さんなんだからこんなことで泣いちゃだめ」

そうは言うが、大声で泣きわめいたりせずただ静かに涙を流す健斗くんは十分にお兄さんだと思う。俺の幼稚園時代なんてもっと幼くて手に負えなかったから、彼のその健気さには胸が痛んだ。

しかし商品がない以上はしてあげられることもない。明日以降の予約を、なんて言っても明日もうちのお弁当を食べたい気分かどうかはわからないだろう。小さな子なら尚更だ。

言い聞かせる佐津紀さんの傍らでただおろおろしていれば、やがて店の戸が開いた。

「どうしたの？」

ひょいと顔を覗かせた真琴が、まごつく俺と泣く健斗くんを見て心配そうに眉根を寄せる。

「実は、健斗くんがお弁当食べたかったみたいで……」

掻い摘まんで事情を話せば、彼女はちょっとの間考え込んでから俺に囁いた。

「ね、残ったおかずで健斗くん用のお弁当くらい作れないかな？」

そういえば、ちょうど真琴とお昼ご飯について話していたところだ。お弁当の残りのポテトサラダや柚子大根、それに豚薄切り肉がある。他にも活かせる食材はあるはずだし、二人分のお弁当を作るくらい難しくはない。

何より、佐津紀さんの家はうちの店にとって長年のお得意様だ。大事な常連さんを悲しませたまま帰すなんてできやしない。

「そうしよう」

俺が承諾すると、真琴はにっこり笑った。それからまだ涙を流している健斗くんの前へ進み出たかと思うと、しゃがみ込んで目線を合わせてから告げる。

「健斗くん、よかったらうちでお弁当作ってかない？」

「え？」

弱々しく聞き返しながら、健斗くんは濡れた睫毛で瞬きをした。

「作る？　それって……」

佐津紀さんも不思議そうにしていたし、実を言えば俺もぴんときていない。作るのは俺で、間違っても健斗くんではないはずだと思うのだが、真琴はそこで子供みたいに屈託のない表情になる。

「作るっていうか、詰めてもらうだけなんですけど。健斗くんももうすぐ小学生のお兄さんだし、いい機会だからお弁当作り、どうかなって」

なるほど。おかずを目の前で作るからこそできる、お弁当詰め体験ということか。厨房にお客さんを入れるのはもちろんご法度だが、カウンターでやってもらう分には問題ないだろう。

「健斗、すごいね！　お弁当屋さんできるって！」

佐津紀さんが元気づけるような声を上げ、真琴がそれに続くように尋ねた。

「健斗くん、一緒にお弁当屋さんしない？」

最後のその質問に、さっきまで泣いていたはずの健斗くんがはっとした。

「する！」

雲の切れ間から太陽が覗いたような笑顔で、元気いっぱいの返事をする。涙もすっかり止まってしまったようで、その様子を見た俺たちも胸を撫で下ろしていた。

「健斗がね、お弁当屋さんになりたいって言ってたことがあって」

店のカウンターで健斗くんの上着を脱がせながら、佐津紀さんは小さく笑う。

「だからもう大喜びだよ。ありがとね、正信くんと真琴さん」

その言葉通り、空のお弁当箱を渡された健斗くんは大はしゃぎだ。ぴょんぴょん控えめに飛び跳ねた後、カウンター越しに輝く瞳でこちらを見てくる。

「お弁当作る？」

無邪気な口調でそう聞かれて、俺は微笑みながら頷いた。

「ああ、作るよ」

まずは健斗くんにご飯を盛ってもらうことにする。その間に俺は肉巻きカツを揚げておく。揚げたてを渡して火傷《やけど》をさせては大変だし、粗熱を取る必要だってあるからだ。

健斗くんはしゃもじを小さな拳で握って、白いご飯をお弁当箱へ移す。その手つきは明らかに危なっかしかったが、佐津紀さんは怪我の心配がない限りは見守るつもりでいるようだ。真琴も傍で手を叩いて応援していた。

「わあ、上手上手！　いつもおうちでもご飯盛ってるの？」

「よくお手伝いしてる！」

得意げに答えた健斗くんに、佐津紀さんが俺に向かってこっそり苦笑する。

「『お手伝いしたい』って言い出すと聞かなくて」

「いいことじゃないですか」

俺も最初の料理は『お手伝い』から始めたものだ。思えばうちの父さんもいろいろと注意や助言はくれたが、俺が台所に入ること自体は決して止めてこなかった。

健斗くんがしゃもじと格闘している間に、俺は薄切り肉に小麦粉を叩き、中にキャベツとチーズを巻いて溶き卵にくぐらせる。そしてパン粉をまとわせたら、熱した油でこんがり揚げた。きつね色に仕上がった肉巻きカツはバットに上げ、冷ましつつ油を切っておく。

その間に、健斗くんは早くも次の作業へと移っていたようだ。

「健斗くんはお野菜食べれたもんね。ポテトサラダは好き？」

「好き！」

元気に答えた健斗くんのために、真琴は作り置きのポテトサラダを持っていく。普段、店売りのお弁当に盛りつける時はディッシャーを使って丸くするのだが、健斗くんには扱いが難しそうなので、ラップに包んで丸めてもらうことにした。

「こうやって、ねじねじすると簡単だよ」

ポテトサラダを包んだラップの口を、真琴が指先で捻る。それを目を丸くして見守った後、健斗くんは真似してラップをねじり始めた。なかなかいい手つきだ。

他のおかずは柚子大根の他、ピーマンとちくわできんぴらを作った。健斗くんは大根もピーマンも美味しく食べられるそうだ。そんな健斗くんが一番好きだという甘い卵焼きも、おまけで作っておくことにする。

「健斗くん、お弁当作りお上手ねえ」

いつの間にか店にはうちの母さんも駆けつけて、スマホで写真撮影まで始めていた。相好を崩してスマホのカメラを構えるその姿に、健斗くんは子供らしくはにかんだ。

「僕、お弁当屋さんになれる？」

「なれるなれる。ねえ、正《まさ》ちゃん？」

「もちろん」

俺が保証すると、健斗くんは少し誇らしげな顔をする。

すぐに、佐津紀さんが笑いながら言い添えてきた。

「大きくなったらお弁当屋さんか、電車の運転士になりたいって言うの」

「電車って、函館の市電？」

真琴が尋ねる。

北海道の人間はJRのことを、たとえ蒸気機関ではなく電気で動いていても『汽車』という。大学時代にもJRを使って通っている奴は自らを『汽車通』と名乗っていたものだった。だから『電車』と言われたら、函館においては路面電車のことに他ならない。

健斗くんは案の定、大きく頷いた。

「そう。ハイカラ號《ごう》運転する！」

それもなかなか素敵な夢だ。そして子供に人気の職業であろう電車の運転士と一緒に、なりたいものとしてお弁当屋さんを挙げてもらえるのも大変光栄なことだと思う。

「どっちの夢もいいわねえ」

母さんがどこか羨ましそうな声を上げ、しみじみと続けた。

「もしお弁当屋さんに決めたら、うちの店の従業員枠はいつでも空いてるからね。その頃には私もお父さんも引退して、悠々自適の老後を送ってるでしょうし」

「……だって。健斗、就職先は見つかりそうだよ」

おかしそうに応じた佐津紀さんの言葉は、健斗くんにはまだ難しかったようだ。目をぱちくりさせていた。

未来の話はさておき、現在の健斗くんが作るお弁当は着々と出来上がっていく。丸めたポテトサラダをおかずカップに入れ、柚子大根は茶漉《ちゃこ》しで水切りをしてから盛りつける。ピーマンとちくわのきんぴらも甘い卵焼きも、少しぎゅうぎゅうに詰め込んだ。最後に粗熱を取った肉巻きカツを押し込んで、健斗くん初めてのお弁当作りは見事に成功を収めた。

「美味しそう！　きれいにできたね、健斗くん！」

真琴が称賛の拍手をすると、健斗くんはくすぐったそうにしながらもお弁当を手にポーズを取る。うちの母さんや佐津紀さんがスマホを構えると、そちらにお弁当を向けてくれるというサービスぶりだ。

もちろん子供の仕事だから、お弁当の盛りつけは完璧というわけではない。それでもポテトサラダはアイスみたいにちゃんと丸く収められていたし、ピーマンの緑や卵焼きの黄色はきちんと映えるように詰め込まれている。そして肉巻きカツも切られた断面がちゃんと上を向いていて、中身のキャベツとチーズが覗いているのがとても美味しそうだ。真琴や佐津紀さんの見守りがあったとはいえ、こうも美味しそうに詰めてもらえると作った側としても嬉しいものだった。

「本当にありがとう。すごくいい体験をさせてもらっちゃった」

佐津紀さんもずいぶん喜んでくれて、俺たちに何度もお礼を言ってくれる。

健斗くんを見守るので忙しかったようだから、佐津紀さんの分のお弁当は俺が詰めて渡した。当たり前だが献立は全く一緒だ。

「健斗くんが作ったやつには敵わないだろうけど」

手渡す時にそう言ったら、佐津紀さんにはにやにやされてしまった。

「またまた。正信くんのお弁当でしょ、そんなはずないじゃない」

だが可愛い我が子が一生懸命詰めた初めてのお弁当には、どんな一流の料理人の作品だって敵わないはずだ。子供がいない俺にだってそのくらいはわかる。

それでも、常連さんにそう言ってもらえるのもまた嬉しいことなので、俺も一緒ににやにやしておいた。


一仕事終えた健斗くんは作ったばかりのお弁当を提げ、佐津紀さんとお揃いのコートを着込んで雪道を帰っていく。

それを見送った後、俺と真琴は改めて休憩を取ることにした。

まかないにしようと思ったポテトサラダや柚子大根はお弁当に詰めたからなくなってしまったし、豚の薄切り肉も残りわずかだ。とりあえず残った根菜と豚肉で豚汁を作り、母さんが家から持ってきてくれたイカの塩辛とカレイの煮凝りをおかずとして並べる。当初の予定ではミルフィーユカツにしようと決めていたから、それと比べると物足りなくはないかと俺は密かにやきもきしていた。

しかし真琴は気にするそぶりもなく、休憩室のテーブルに並んだランチを目を輝かせて眺めている。

「私、お腹ぺこぺこだったんだ。早く食べよう！」

「もうちょっと何か作ろうか。卵ならあるし――」

「いいからいいから！　ほら、播上も座って」

時刻は午後三時になろうかという頃合いだ。まかないの時刻としてはいつも通りだが、雪かきと予定外のお弁当作りの後で俺もすっかり空腹だった。真琴に押されるようにして食卓に着き、とりあえず食べ始めてみればすぐに物足りなさのことは忘れてしまう。イカの塩辛も煮凝りも、そして温かい豚汁も、ご飯のおかずにはぴったりだったからだ。

「イカの塩辛って食が進むよね」

真琴は満足そうにご飯を頬張っている。

「播上の家の塩辛ってすごく美味しいし。ちょっとお酒が入ってる？」

「そう。母さんが作るんだ」

イカの身とワタ、それに塩だけで作れる塩辛はご家庭それぞれ特別な味つけがあるものだ。うちの母さんは必ず酒を入れて作るから、少し大人の味つけになる。ご飯のおかずにしても美味しいが、蒸かしたジャガイモに載せてももちろん美味しい。

カレイの煮凝りは、前日に作った煮つけの残りを固めただけのメニューだ。冬の北海道ではわざわざ冷蔵庫に入れておく必要もなく、玄関先に一晩放置しておくだけで出来上がる。ぷるぷるした煮凝りで魚の旨味も栄養素も余さずいただくことができるのが嬉しい。

「煮凝りは冬のごちそうってイメージあるね」

「子供の頃はなんで固まるのか、不思議で仕方なかったな。凍ってるわけでもないのにって」

「私も！　全部のお魚でそうなるわけじゃないから余計にね」

休憩室にはストーブがあったが、部屋が暖まるまでにはしばらく掛かった。おかげで豚汁が染みるように美味く感じる。仕上げに少しごま油を垂らすと風味がいいし、冷めにくくなるのもいい。

「はあ……温まるね」

真琴も満足そうに白い息をついている。

気がつけば、物足りないかと思っていたランチでも十分お腹一杯になれた。二人で楽しく食べたからというのもあるだろうし、楽しいひと仕事の後だったからというのもあるだろう。

「健斗くんもお弁当、食べた頃かなあ」

「美味しく食べてもらえてるといいな。一生懸命作ってたし」

「そうだね。ちっちゃなおててで頑張ってたよね」

食後に温かいほうじ茶を飲みながら、先程の出来事を振り返る。健斗くんの初めてのお弁当作りは間違いなく大成功だっただろう。きっと今頃はお弁当箱を空っぽにして、満腹で眠くなっているか、それとも一層元気に遊び回っているかだ。

「それにしても真琴、子供と接するのが上手いな」

健斗くんが泣き出しても慌てず騒がず、さっと解決法を思いついて宥めてくれた。お弁当作りでも励ましたり褒めたりと自然に声を掛けていて、子供慣れしていない俺は感心させられたほどだ。思い出して褒めると、真琴は嬉しそうに胸を張る。

「すごいでしょ。これが末っ子パワーだよ」

「……関係あるのか？」

「あるよ！　末っ子だから、小さい子が言われたいこととか、逆に絶対言われたくないこととかがわかるの。私だったらこう褒められたい、っていうのがね」

力説する彼女は、どこかしたり顔でこう続けた。

「お兄ちゃんが四人もいれば、そういうのも熟知しちゃうものなんだから！」

そう言うからには、幼い頃の彼女は四人のお兄さんに囲まれてたくさん褒められたり、励まされたりしてきたのだろう。真琴が時々語る記憶からはそういったきょうだい間の温かい交流が窺えて、俺も聞いているだけで幸せになれる。なんせ卒業式の思い出にすらお兄さんたちが存在しているほどだ。

　俺は一人っ子だから、真琴が教えてくれるきょうだいの話が羨ましくなることも少しある。だが五人きょうだいにはそちらなりの苦労もあるのだろうし、一概にどちらがいいとも言えないのだろう。お寿司が食べたかったのに、焼肉に負けてしまうことだってあったようだし。

「そういえば、健斗くんも来週卒園式だって」

　湯呑みを両手で持つ真琴が、しみじみと穏やかに笑った。

「もう幼稚園で式の練習してるって言ってたよ」

「そうか、三月だもんな……」

　四月になれば小学生だ。既にランドセルも買ってあるらしく、今から通学をとても楽しみにしているようだと佐津紀さんが言っていた。かつて俺の手を引いて小学校まで連れていってくれたあの人が、今度は我が子を送り出す側になるわけだ。つくづく、時の流れは速いものだと実感していた。

「この辺りから小学校までって遠いの？」

「結構歩くよ。湯の川電停よりもう少し先、橋渡ったところだから」

「じゃあ頑張って歩かないとだね。見かけたら応援してあげよう」

　もうじき四月が来る。

俺たちもついに結婚一周年を迎えることとなるのだが、そう考えるとやはり一年はあっという間だ。去年の今頃は真琴が函館に来てくれるのを一日千秋の思いで待っていたものだ。彼女は彼女で忙しかったはずだがまめに連絡をくれて、俺はそわそわと落ち着かず、だが幸せな気持ちにもなれた待ち時間だった。そして四月を迎えてからは、もっと幸せになれた。

「結婚記念日、何して過ごそうか？」

俺がそう切り出すと、真琴は目を見開いてからはにかみ笑いを浮かべる。

「そうだったね、四月といえば……」

「もう一年経つんだな。なんか、そんな感じがしない」

「私も。長年ずっと一緒にいるみたいな——あ、それは間違ってないか」

確かに、間違ってはいない。

彼女と『メシ友』をやっていた期間と比べれば、夫婦でいた時間はまだほんのわずかだ。でもその時間はこれからどんどん増えていくし、いつかは逆転もする。その時にまた昔を振り返ったら、俺たちはどんな会話をするのだろう。

そして、俺たちの間にはどれほどたくさんの思い出が生まれているだろう。

「私は、播上と一緒に過ごせたらそれでいいよ」

真琴はそう言うと、俺に向かって柔らかく目を細めた。

「どこか行くにしても、何か美味しいもの食べるにしても、播上と二人なら絶対楽しいから。だから私は二人でいられたらそれだけでいいかな」

何より一番幸せなのは、彼女の言葉が俺の思いと、一字一句違《たが》わず同じであることだ。

「俺も同じ気持ちだよ、真琴」

だからそう告げると、彼女は今更恥ずかしくなったのか少し顔を赤らめる。それでも上目遣いに俺を見て、照れながら答えた。

「じゃあ……楽しみだね、結婚記念日」

どうやって過ごすかはこれから考える。でもどう過ごしても、俺たちなら楽しく、幸せに過ごせるはずだ。

長い長い北海道の冬にも終わりはある。もうじき春がやって来る。

エピローグ

函館市電の線路沿い、終点一つ手前の湯の川温泉電停から徒歩五分。電車道路を海側に一本入ったところにうちの店はある。

そう説明したら、渋澤《しぶさわ》にはすぐ理解してもらえたようだ。

『わかった、市電に乗っていけばいいんだな?』

「ああ。もしわからなかったら迎えに行くけど」

答える俺の隣で、真琴《まこと》がうんうん頷いている。

『地図見てるし、大丈夫。万が一迷ったら連絡するから』

四月末から始まる連休初日の今日、渋澤と一海《かずみ》さんは東京から函館へとやって来た。本州から新幹線に乗ってきたそうで、現在は既に函館駅まで到着しているらしい。そこからならもう目と鼻の先だ。

「四年ぶりだな。会うのを楽しみにしてる」

俺が指折り数えながら告げると、電話越しに渋澤の笑う声が聞こえた。

『ああ、僕もだよ』

電話を切ると、茶衣着姿の真琴が俺の顔を覗き込んでくる。

「渋澤くんたち、無事にこっち着いたみたいだね」

「そうらしい。もう駅まで来てるって」

「じゃあ三十分くらいで着くかな？　ぼちぼち準備しておこうか」

と言っても、店には既にお弁当の用意ができていた。渋澤と一海さんのために作ったお弁当は、真琴と一緒にメニューを考えた特製品だ。

「渋澤の好物はハンバーグだ。これは絶対に入れてやらないと」

「なんかすごく意外……未だに信じられないんだけどな」

「俺もそう思う。で、一海さんは北海道の郷土料理に興味があるらしい」

「渋澤くんがいろいろ作ってるんだよね？　まだ挑戦してないものにする？」

それで当人たちにリサーチもした末、一海さんがまだ食べたことがないものとして飯寿司《いずし》があったので、当店名物のニシンの飯寿司も入れておくことにした。飯寿司は日本各地に存在する熟《な》れ寿司の仲間だが、一ヶ月ほど漬ければ出来上がるので一般的な熟れ寿司よりも酸味が柔らかく、お米の甘さもしっかりあって食べやすい。

その他にも菜の花のおひたしやタケノコのフリット、去年も好評だった冬越し大根で作ったきんぴらなどをおかずに加えた。お弁当として作りたてではないものを出す予定なので、温かい汁物も添える予定だ。ホッケの三平汁を作って、あとは温めるだけにしてある。

「店の中でお弁当食べてもらうって、なんか変な感じだな」

自分で決めたことながら、改めて見ると違和感もあった。俺の言葉に、真琴も小さく笑う。

「でも、私たちの成果だもんね」

「そうだな。俺たちでもてなすとしたら、これしかない」

店でのお弁当販売はすっかり俺たちの仕事になっていた。この春からも新作のお弁当を売り出していたし、既に夏場のメニューについても真琴と会議を重ねているところだ。このランチタイムはすっかり店の新たな看板となりつつあり、今ではこちらを目当てに通ってくれるお客様も増えていた。

ただ、今日ばかりはお弁当販売はお休みだ。大切な友人をもてなす約束がある。

店の外へ出ると、陽射しに暖められた潮風が吹き抜けていった。四月ともなれば根雪はすっかり解けていたし、それどころかもう桜が咲いているようで、店の前の道路にちらほらと淡いピンクの花びらが落ちている。連休初日は雲一つない晴れ空で、まさに絶好の行楽日和だ。

俺は戸口に暖簾を掛けた。『小料理屋　はたがみ』と記された暖簾がはためくその下には『本日ランチ貸し切り』と書いてある。いつも来るお得意様方には今日のお弁当販売がないことを知らせてあって、よく買っていってくれる熊谷《くまがい》なんかは実に残念そうにしてくれた。だが東京から来る友人をもてなすのだと話したら、それは大事なことだと納得していた。

「函館に来てくださるお客様は丁重にもてなさないとな」

この街は観光都市だ。誰かに訪ねてきてもらえることで、そして楽しんでいただけることで生計を立てている人がたくさんいる。

函館に戻ってきてから三度目の春が来た。店で仕事を学ぶだけだった一年目とは違い、去年の二年目はずいぶんと充実した一年間を過ごせたように思う。

真琴と二人で、たくさんお弁当を作れた。越冬野菜を使った肉巻き弁当は、野菜が食べられると佐津紀さんにありがたがられた。変わり種を目指して作ったイタリアンイカ飯弁当はその意外性からか話題になり、タウン誌に取り上げてもらうこともできた。秋に作った戸井のマグロカツ弁当は話題の芸能人に褒めてもらえて、結果として過分なくらいの知名度を得ることができたし、冬に考案したタラザンギとホタテの炊き込みご飯も、秋ほどではないにせよ振り返ってみれば評判も数字も申し分なかった。

全て、俺一人では得られなかった成果だ。

函館でいろんな人と出会い、縁を結べたから。そして何より隣に真琴がいてくれたから、俺はお弁当を作り続けることができている。

この先だってそうだ。

真琴と一緒にこの街で、いろんなお弁当を手がけていけたらと思う。

そんなことを考えながら霞む春の空を見上げていると、

「……あ！」

真琴が不意に声を上げた。

渋澤たちがもう来たのか、早いなと振り返ったが、そこにまだ懐かしい男の姿はない。代わりにもっと小さな姿が、補助輪付きの自転車で近づいてくるのが見えた。

「健斗《けんと》くん、こんにちは！　お出かけ？」

真琴の明るい挨拶に、健斗くんはちょっと笑ってお辞儀をする。

「こんにちは。公園行ってきます」

新一年生になった健斗くんはすっかりお兄さんになっていて、最近では自転車に乗って遊びに行く姿を見かけていた。母さんが言うには、毎日ランドセルを背負って下校するところもよく見るそうだ。俺の母校に今は健斗くんが通っているのだと思うと、無性に懐かしさが込み上げてくる。

「またうちにお弁当作りにおいでよ」

真琴が言うと、子供らしい屈託のない笑みがその顔に浮かんだ。

「はい！」

「行ってらっしゃい、気をつけてね！」

俺たちに見送られ、健斗くんは颯爽《さっそう》と自転車で駆け抜けていく。補助輪の

がらがらという音が次第に遠ざかり、その後ろ姿と共に曲がり角の向こうへ消えていった。

「補助輪も、そのうち取れるんだろうな」

しみじみと、そんな予感がする。

俺の呟きを聞いた真琴が、おかしそうにくすくす笑った。

「そうだね。小さな子の成長なんてあっという間だよ」

「あっという間か……」

俺たちも既に、結婚してから一年が過ぎていた。本当に、あっという間に過ぎていった一年だった。楽しいこと、嬉しいこと、幸せなことばかりで――俺にとっては人生で一番笑っていられた一年だったとも思う。

真琴にとってもそうだといい。

彼女がこちらを見上げて、少し得意そうな顔をした。

「私との一年間もあっという間だな、って思ってた？」

「え？　どうしてわかった？」

言い当てられてどきっとする俺を、真琴はひたむきに見つめてくる。

「夫婦だもん、当然だよ」

二年目の夫婦ともなると、胸中の考え事まで当てられてしまうのか。恐ろしいよう

な、でも悪い気はしないような――。

「あ」

また真琴が声を上げる。自然と振り返った俺の視界に、今度は懐かしい顔が飛び込んできた。

「いたいた。播上、それに清水《しみず》さん、久し振り」

渋澤だ。

四年前とあまり変わらない、やたら爽やかな笑顔を浮かべた渋澤の隣には、すらりと長身の若い女性が立っていて、こちらに会釈をしてくる。写真で見たことはあった。この人が一海さんだろう。

「久し振り。思ったより変わってないな、渋澤」

俺がそう言うと、渋澤はどこか心外そうに苦笑した。

「お前も全然変わってないけどな。すっかり威厳ある顔つきになってたらどうしようって思ってたよ」

「四年くらいじゃ変わらないよね」

声を弾ませる真琴に目を向けた渋澤が、少し表情を和らげる。

「清水さんも変わりないようでよかったよ。変わったのは名字だけか」

「うん、お蔭様で！　函館にもすっかり慣れたよ」

それから渋澤は初対面同士の俺たちと一海さんに、お互いを紹介してくれた。

「紹介するよ、僕の妻の一海だ。……一海、僕の元同僚の播上と、その奥さんの清水さん」

「渋澤一海です、初めまして」

深々と頭を下げる一海さんのお辞儀はとてもきれいだった。面を上げれば、渋澤よりも少し背が高いように見える。俺とも数センチしか変わらないのではないだろうか。

「初めまして、播上です」

「妻の真琴です。東京から新幹線ってどうでした？　疲れてません？」

「いえ、とても快適でした。車窓からの景色がとてもよかったんです、山紫水明な風景で……」

一海さんは今回で二度目の北海道だという。豊かな自然の景色を眺めていたら、新幹線の長旅も全く苦にならなかったそうだ。

とはいえ長時間の移動の後であることには変わりない。俺たちは二人を店へ招き入れ、予定通りお弁当を振る舞うことにした。

渋澤と一海さんは、店のカウンター席に仲良く並んで座っている。

二人とも今日のために用意したお弁当をとても喜んでくれて、蓋を開けるや否や歓声を上げていた。

「僕がハンバーグ好きだって覚えててくれたのか」

嬉しそうな照れ笑いを浮かべた渋澤が言う。

「忘れようにも忘れられないよ」

昔、部屋に招いてごちそうした時のことは印象深かった。目の前であんなに美味しそうに食べてもらえたらそれは忘れがたい思い出にもなる。

「これがお話に聞いていた飯寿司ですか？」

「そう、ニシンの飯寿司！　こういう樽に重ねて漬けて作るんだよ」

一海さんは食材に興味津々で、食べながらもいろいろ尋ねてきた。真琴はその質問にジェスチャー付きで答えている。

「やっぱり播上の料理は美味しいな。僕もこのくらい作れたら……」

「このハンバーグならレシピ教えるよ。ソースも合わせて」

「あ、私もぜひ教わりたいです。今、ハンバーグのバリエーションを模索中で」

「じゃあ二人とも覚えて帰ってよ。函館の新名物ってことで！」

貸し切りの店内で賑やかなランチタイムが続いていた。見慣れた店の風景も、引き戸の擦りガラス越しに差し込む陽射しがいつもと違う景色に見せてくれる。床にできた暖かい陽だまりを、時々潮風に吹かれた小さな花びらの影が横切っていった。

函館にまた桜の季節がやってきたようだ。渋澤たちは今夜湯の川温泉に一泊して、明日の夕方帰るという。天気のいいうちに近くの桜の名所を教えてあげよう。明日は店も休みだから、ドラマのロケ地を案内する約束もしている。

積もる話も山ほどあった。お互いの近況、例のドラマの最終回について、最近作った美味しかった料理のレシピ、東京のこと、函館のこと——全て語り尽くすには時間が足りないかもしれないが、その時はまた電話でも話せばいいか。

渋澤と一海さんにも、この街を楽しんでもらえたら、そして好きになってもらえたら嬉しい。

会話の途中でふと、真琴が俺に視線を向けた。何か言いたいことがあるというわけではなく、ただなんとなくこちらを見ただけのようだ。それでも目が合うと柔らかく微笑みかけてくれて、俺も思わず笑い返す。

春が来たなとその時、改めて思った。

※この物語はフィクションです。作中に同一の名称があった場合でも、
実在する人物、団体等とは一切関係ありません。

宝島社
文庫

小料理屋の播上君のお弁当
皆さま召し上がれ
(こりょうりやのはたがみくんのおべんとう　みなさまめしあがれ)

2022年9月20日　第1刷発行

著　者　森崎 緩
発行人　蓮見清一
発行所　株式会社 宝島社
〒102-8388　東京都千代田区一番町25番地
電話：営業 03(3234)4621／編集 03(3239)0599
https://tkj.jp
印刷・製本　株式会社広済堂ネクスト

ISBN 978-4-299-03391-8